梅の香

出入師夢之丞覚書

今井絵美子

時代小説文庫

角川春樹事務所

目次

第一話　雪螢　5
第二話　冴ゆる夜　67
第三話　梅の香《か》　131
第四話　春の愁《うれい》　197

第一話　雪螢

夢之丞《ゆめのじよう》が蛤町《はまぐりちよう》の居酒屋ほおずきの暖簾《のれん》をはらりと潜《くぐ》ると、板場のほうからカタカタと下駄《げた》の音がして、どこか鼻にかかった幼《いとけな》い声が飛んできた。

「いらっしゃい！」

おけいである。

どうやら、おけいはまだ下駄を履《は》き慣れていないとみえ、随分とぎこちない足取りで寄って来た。

「おう、元気にしていたか。どうだ、少しはここに慣れたか？」

夢之丞がちょんとおけいの額を指先で小突く。

するとと、後からやって来たおりゅうが、あらまっといったふうに肩を竦《すく》めた。

「ほら、おけいちゃん、お返事は？」

「ええと……、ええっと……、いらっしゃい」

「あらあら、半井《なからい》のおじさまはおけいちゃんがほおずきに慣れたかなって訊《き》いていらっしゃるのよ。そう訊かれたら、なんて答えるのだったかしら？」

おりゅうに顔を覗《のぞ》き込まれ、おけいは照れたように、はい、と頷《うなず》いた。

「そうかい。それは良かった。おけいがここに来て、かれこれ二月《ふたつき》だもんな」

夢之丞はそう言うと、いいかい？　と奥の小上がりを顎《あご》で指す。

「どうぞ。お一人？」

「いや、後から荒川《あらかわ》が来る」

「荒川さまって、ああ、佐賀町《さがちょう》の茶飯屋一献《いっこん》の……。では、お酒はお見えになってからにしましょうか」

「いや、おっつけ来るだろうから、まずは一本燗《つ》けてもらおうか。川風に当たったら、すっかり身体《からだ》が冷えきっちまった」

「畏《かしこ》まりました」

おりゅうはふわりとした笑《え》みをくれると、燗場《かんば》へと戻って行った。

が、どうしたことか、おけいが手を後ろに廻《まわ》し、今もって、照れたようにすじりもじりと身体を捩《よじ》っている。

「おっ、どうしてェ、おけいもここに坐《すわ》りなよ」

そう言うと、ようやく、おけいは笑みを見せ、小上がりには上がらず、上がり框《かまち》にちょいと腰かけた。

馬子《まご》にも衣装とはよく言ったもので、これが数ヶ月前まで、御薦《おこも》同然だった娘とは思えないほどの変わりようである。

草束《くさたば》ねしただけで竹箒《たけぼうき》のようだったざんばら髪は、現在《いま》ではこざっぱりとした銀杏髷《いちょうまげ》に結《ゆ》われているし、黒襟《くろえり》をかけた弁慶縞《べんけいじま》の着物は、恐らく、おりゅうの着物を四つ身に仕立て直したものに違いない。

おまけに、まだ鼻緒《はなお》の真新しいこっぽり……。

「おけいよ、暫《しばら》く見ねえ間に、随分と垢抜《あかぬ》けたじゃないか」

「だって、毎日、女将《おかみ》さんと湯屋に行ってるもん！」

おけいは上目遣《づか》いに夢之丞を睨《ね》めつけ、初めて、不服そうに唇を窄《つぼ》めて見せた。

「おお、それ、それ！　ようやく、おけいらしくなったじゃないか」

「さあ、お待たせ！　今日は剣菱《けんびし》にしましたわよ。おけいちゃん、お通しが出来たみたいだから、亀爺《かめじい》から貰《もら》って来て下さいな。大丈夫かしら？　運べるわよね」

おけいはこくりと頷くと、板場へと立って行った。

「この様子では、おけいも幾らかは役に立っているようだね」

「おけいちゃん？　ええ、見世《みせ》の掃除や使い走りなど、本当に、いそいそとよく動いてくれますのよ。けど、まだあの歳《とし》でしょう？　あまり小女《こおんな》のような真似《まね》はさせたくないんですけどね……。だから表に出すのは、こうして早い時刻だけにして、見世が立て込んできたら、表には出さないようにしていますの」

おりゅうは夢之丞に酌をすると、丁度お通しを運んで来たおけいに、

「有難う。おけいちゃんはもういいから、奥で手習の稽古《けいこ》でもしていてね」

と囁《ささや》いた。

「なんと、手習までさせているのか」

「ええ。少しずつですけどね。何しろ、今までは読み書きどころか、真面《まとも》に人間らしい生活《たつき》が出来なかった娘ですもの。教えてやらなきゃならないことが山ほどもあって……」

おりゅうはそう言うと、再び酌をし、ふっと目許《めもと》を弛《ゆる》めた。

おけいを窃盗一味のお頭、銀狐《ぎんぎつね》のお蝶《ちょう》の手から救い出して、二月が経《た》とうとする。

案の定、あの日、おけいは夢之丞から仕事を引き受けるが小づり（報酬）は要《い》らないと言われ、細金《こまがね》の入ったずだ袋を抱えて帰ったのはいいが、再び隠そうとしたところをお蝶に見つかり、見せしめのためにこっぴどく仕置《しおき》をされ、監禁されていたのだった。

「この糞餓鬼《くそがき》が！　身寄りのないおまえを今日まで育ててやった恩を忘れ、よくも、酒を買って尻《しり》切られるような真似をしておくれだね！　いいんや、これじゃ、寝首を掻《か》かれたのも同然だ。おまえがこの銀狐のお蝶から金をくすねようなんて、百年早いんだよ！」

お蝶は激怒し、人でも杭《くい》でもないとばかりに小言八百を並べ立て、廃屋《はいおく》同然となった祠《ほこら》におけいを閉じ込めてしまったのである。

そのために、女が囚《とら》われている三好町《みよしちょう》の寮に案内するといったあの日、おけいは約束の要橋《かなめばし》に来ることが出来なかった。

だが、夢之丞はおけいが万八《まんぱち》（嘘）を言ったのでもなく、約束を破ったのでもないと信じていた。

おけいの身に、何かが起きたのに違いない……。

考えられることは、子供の身には随分と重い、細金ばかりで一両の銭をずだ袋に入れて帰るところを誰かに見つかり、かっ攫《さら》われたか、岡っ引きにしょっ引かれたか……。

が、最も可能性が高いと思えるのは、銀狐のお蝶に、おけいが銭を猫ばばしたことが露《ば》見《れ》てしまったこと……。

仮にそうだとすれば、良くて、折檻《せっかん》の末にどこかに幽閉……。

悪くすれば、おけいの生命《いのち》までが危ういと思わなくてはならない。

それで、夢之丞たちは茶汲女《ちゃくみおんな》のおいとを救い出すべく鳴海屋《なるみや》の寮で大捕物《おおとりもの》の末、おけいの探索に乗り出したのだった。

が、これはおけいからお蝶一味の塒《ねぐら》が吉永町《よしながちょう》に隣接した木置場《きおきば》の一角にあると聞いていたので、思ったより簡単に見つかった。

雀色時《すずめいろどき》（夕刻）、お先狐《さきぎつね》の子供たちが塒を目指して帰ろうとするところを、亀久橋《かめひさばし》、要橋など木場《きば》に架《か》かる橋という橋を張り込んでいた夢之丞や熊伍《くまご》親分たちが後を跟《つ》けて行き、遂《つい》に、一網打尽《いちもうだじん》、お蝶一味をお縄にかけることが出来たのである。

おけいは猿ぐつわを噛《か》まされ、手足を縛られて祠の中で倒れていた。

可哀相《かわいそう》に、飲まず食わずであったのであろう、救い出したときには、意識が混濁《こんだく》するほど衰弱していた。

すぐさま本道《ほんどう》（内科）の医師湖庵《こあん》の元に運び込まれ、おけいが体力を取り戻したのは一《ひと》廻《まわ》り（一週間）後のことだった。

「それで、囚われていた女《ひと》は？」

おけいは意識が戻ると、開口一番、そう訊《たず》ねた。

何ゆえ、自分がこうなったかよりも、そのことが一等気にかかったとみえる。

「案ずるな。ちゃんと救い出したからよ」

「良かった……」

おけいはそう呟《つぶや》くと、吸い込まれるように、再び、眠りに入っていった。

お蝶や仲間のことを訊ねてきたのは、ようやく重湯《おもゆ》や薄い粥《かゆ》が口に出来るようになった頃である。

「お蝶は捕まった。餓鬼どもも半分までは捕まったようだが、残りの半分は相変わらず逃げ足の速《はえ》ェこと、どこに掻き消えたか分からないそうだ。が、ものは考えようだ。この際、捕まっちまったほうが、この先、幸せとも思えるからよ。まっ、銀狐のお蝶は獄門を免《まぬが》れないだろうが、他はお先狐といっても十五にも満たない餓鬼ばかりだからよ。敲《たた》き程度のお仕置きはあるかもしれないが、運が良ければ、呵責《かしゃく》のうえ身請人《みうけにん》を宛《あてが》われて、どこぞに里子か小僧として引き取られていくだろうて……。だが、この度《たび》まんまと逃げ延びた餓鬼はどうだ？　お蝶という頭を失い、塒まで失って、相も変わらず巷《ちまた》を彷徨《さまよ》わなければならないのだ。それを思うと、この際きっぱりと脚《あし》を洗い、真っ当な世界で生きていくほうがよいに決まっている」

夢之丞がそう言ってやると、おけいの目につと翳《かげ》りが過《よ》ぎった。

「案ずるな。おけいのことはこの俺や、おりゅうさんが護《まも》ってやるからよ」

「おりゅうさんて……」

「ほれ、憶《おぼ》えているだろうが、おまえが銭を持って俺に仕事を頼みに来た居酒屋よ。ほおずきの女将がおりゅうさんだ。あのとき、おまえの話を聞いて、おりゅうさんがいたくおまえの身を案じてよ。此度《こたび》も、体調が戻ったら、おけいをほおずきに引き取ってもよいと言ってくれている。おう、良かったじゃねえか。あの女《ひと》は心根の優しい女だからよ。きっと、おけいを大切にしてくれるぜ」

「えっ、あたしを……」

おけいは何も言えなくなった。

あわあわと唇を顫《ふる》わせるばかりで、後から後から、大粒の涙が頬《ほお》を伝った。

そうして、おけいがほおずきに引き取られて、二月……。

垢染《あかじ》みていた手足や顔を糠袋《ぬかぶくろ》で磨き、髷《まげ》を結って身形《みなり》を調えると、これがどうして、おけいはなかなかの美形であった。

夢之丞は盃《さかずき》の酒をぐいと飲み干すと、改まったように、おりゅうを瞠《みつ》めた。

「有難うよ、おりゅうさん。俺は心《しん》からおまえさんには頭が下がる。おけいを使用人として引き取るのかと思っていたが、まるで妹か娘のような待遇をしてくれているんだもんな」

「嫌ですわ。夢之丞さま、頭をお上げ下さいませ。あたし、あの娘《こ》を見ていますと、胸が詰まされて……。あたしも幼い頃に母を亡くし、八歳のときに禿《かむろ》として吉原《よしわら》に売られた身ですからね。水揚《みずあげ》前に父があたしを捜し出し、身請をしてくれたので現在《いま》のあたしがあるようなものですが、まかり間違えば、どんな身の有りつきになっていたか……。そう思うと、おけいちゃんのことが他人事《ひとごと》のように思えませんの。幸か不幸か、現在のあたしには身寄りがありません。あの娘《こ》がうちに来ることになったのも、何かの縁……。あたしね、あの娘《こ》を妹として、いいえ、娘としてでもいい。あの娘《こ》が立派な大人になるまで、護ってやりたい……。父山城屋《やましろや》幸右衛門《こうえもん》があたしにしてくれたことを、今度はあたしが誰か他の人にしてあげることで、なんだか父への恩が返せるような気がしますの。さあ、こんな生意気なことを言っていましても、果たして、どこまで出来るのか……。何かあった折には、夢之丞さまも相談に乗って下さいましね」

「ああ、解《わか》った」

「それにしても、荒川さま、遅《おそ》うございますわね」

おりゅうがそう言い、戸口のほうを振り返った、そのときである。

上背《うわぜい》のある、端整な面立《おもだち》をした男が、暖簾を掻き分け、探るような目で中を見回した。

「あら、噂《うわさ》をすれば影がさす。荒川さまですわ」

おりゅうは首を竦めると、徳利《とつくり》を手に、立ち上がった。

久方ぶりに見る荒川作之進《さくのしん》は、幾らか肥えたように思えた。相変わらず男にしては色白であるが、中高な顔から翳りが掻き消え、肌も艶々《つやつや》としている。

荒川が横網町《よこあみちょう》に道場を開いて、半年以上……。

すると、余程、立行《たちいき》に余裕《ゆとり》が出来たのであろうか。

夢之丞が師範代を務める鴨下《かもした》道場など、新たに門弟が増えたかと思うとすぐに減り、荒川の道場に比べれば雲泥《うんでい》の差……。

考えるだに空恐ろしい。

決して、道主の鴨下弥五郎《やごろう》や夢之丞の教え方が悪いとは思わないが、相も変わらず、入門して来るのは大工や青物屋の倅《せがれ》ばかりで、従って、月並銭《つきなみせん》（月謝）も真面に入った例《ため》しがない。

今更、北六間堀町《きたろっけんぼりちょう》に道場を開いたのが運の尽きと繰言《くりごと》を募《つの》ってみても、目と鼻の先に無外流《むがいりゅう》、身捨流《しんさりゅう》、鹿島神流《かしましんりゅう》の道場があるのは前々からのことで、後から割り込んだ一刀流《いっとうりゅう》が文句のつけようがないのである。

「おぬし、余程、金回りが良いとみえるな。肥えたぜ」

そう言うと、荒川はへへっと照れたように、月代《さかやき》に手を当てた。

「お陰でな。横網町で道場を開くのはどうかと案じていたが、これが開けてみると面白いほど入門者が集まってな。なに、筋の良い奴《やっ》など一人もいないのだが、どういうわけか、大店の息子が多くてよ。まっ、まず以て、月並銭に不自由することはない。で、おぬしのほうはどうだ？」

荒川は海鼠《なまこ》の酢の物を頬張《ほおば》ると、目を細めた。

「海鼠はよい。この歯応《はごた》えがなんとも言えぬが、噛み損ねて飲み込んでしまったとしても、胃の腑《ふ》で溶けてしまうからよ」

そう言うと、もう一度、で、どうだ、と夢之丞を窺《うかが》った。

「どうだと言われても……。うちの道場なんぞ、閑古鳥《かんこどり》が鳴いている。元々、剣士とも呼べない、生涯に一度はやっとうを振り回してみたいという町人ばかりだったが、近頃は、そういった輩《やから》すら懐不如意《ふところふにょい》とみえ、やって来やしない。しかもだ、たまに入門したいという者が来たかと思うと、月並銭の代わりに、米や野菜を届けてくる始末でよ。まっ、これは今に始まったことではないのだが、食うには事欠かないといえども、これでは不手廻《ふてまわ》なことこのうえなくてよ」

夢之丞はそこまで言って、おっ、いけねえ、と面伏《おもぶ》せた。

「武士は食わねど高楊枝《たかようじ》！　武士たる者、女々しく愚痴を言うとは何事ですか！」

母の真沙女《まさじょ》の甲張《かんば》った声が飛んで来たように思ったのである。

「だが、おぬしは出入師《でいりし》という裏の仕事があるからよいではないか」

「出入師ねえ……」

夢之丞は言い差し、うっと言葉を呑《の》んだ。

またもや、泣き言を言いそうになったのである。

と言うのも、此《こ》の中《じゅう》、出入師の仕事もとんと減ってしまい、たまに鉄平《てっぺい》や伊之吉《いのきち》が仕事を持って来ても、これが取り立て屋に金の返済を一廻りほど待つように渡《わたり》をつけてくれとか、里帰りしたまま一向に戻ろうとしない女房を説得してほしいとか、つまり、大して小づりを当てに出来ない、ちまちまとした依頼ばかりなのである。

先《せん》には、ちょいと渡引《わたりひき》に入っただけで、一両や二両の小づりが貰えたし、たまには豪気に、五両の大枚《たいまい》をぽんと叩《はた》く客がいたことを思えば、現在《いま》は、膝《ひざ》で京へ上《のぼ》るがごとく、全く以て、成果が望めない。

「なに、そっちのほうもいかんのか?」

荒川が驚いたように目を瞠《みは》る。

「いや、全く依頼がないというわけではない。が、あったところで、みみっちい依頼ばかりでよ。従って、実入《みい》りも雀《すずめ》の涙ほど……。まっ、なんとか凌《しの》いでいるのだから、それでよしとしなくちゃならないのだろうがよ」

「世の景気が悪いからよ。このところ、巷には品物が溢《あふ》れているというのに、皆、先行きを案じてか、銭の出し惜《お》しみをするようだ。となれば、ますます金繰《かねぐ》りが悪くなるという寸法で、水は低きに流れるがごとく、悪いほうへ悪いほうへと転がっていく。まっ、そう考えると、うちの道場など、絶えず門弟が集まってくれるだけで、有難いと思わなくてはならないだろうな」

そこに、おりゅうが肴《さかな》を運んで来る。

「荒川さま、お久しゅうございます。お元気そうで何よりですわ」

「女将こそ、久しく見ない間に、また一段と美しくなられた。やっ、これは殻付《からつ》きの牡蠣《かき》ではござらぬか。そして、鰤《ぶり》の照焼に柚子《ゆず》釜《がま》……。流石《さすが》は、ほおずきだ。一献の肴など比ぶべくもない」

「まあ、お口がお上手《じょうず》ですこと。そう言えば、一献の女将さん、力弥《りきや》さまでしたか……。お元気ですか？　あたくしも一度佐賀町まで脚を伸ばしてみようと思いながら、未《いま》だにお伺《うかが》い出来ていないのですよ」

おりゅうの、力弥、という言葉に、盃を口に運ぼうとした荒川の手がぎくりと止まった。

「えっ、ああ、元気にしているようだ」

「いるようだとは、なんだ！　おぬし、横網町に移って、力弥に逢《あ》っていないとでもいうのか」

夢之丞が驚いたように胴間《どうま》声《ごえ》を上げる。

「いや、逢ってるさ。そりゃ、以前のように毎日とはいかないが、四、五日に一度は逢っている。と言うか、ほれ、先《せん》に話したと思うが、俺が大島町《おおしまちょう》の神道無念流《しんとうむねんりゅう》坂下道場に通っていた頃、門弟の田中修造《しゅうぞう》という男に稽古をつけていて、奴を死に追いやったことを憶えているよな？　結句、田中の死因は心の臓《ぞう》の発作《ほっさ》で、稽古をつけていた俺の責任ではないということになったのだが、あのとき、田中には妻子がいた。どうにも寝覚めが悪くてよ……。と言うのも、田中に稽古をつけているとき、俺の心の中には鬼がいた。御徒組《おかちぐみ》の田中が取った、扶持離《ふちばな》れや町人を侮蔑《ぶべつ》する態度が許せなかったのだ。だからあのとき、俺は確かに田中に業《ごう》を煮やしていた。が、それが原因《もと》で、常より厳しい稽古となり、挙句《あげく》、死に追いやったのかと思うと……。それで、遺《のこ》された妻子に何か俺に出来ることはないかと思い捜したのだが、後の祭……。田中の妻子が亀戸《かめいど》にいると判《わか》ったときには、お内儀《ないぎ》は既にこの世の人ではなく、幼い娘が独《ひと》り、路頭に迷っていた。それで矢も楯《たて》も堪《たま》らなくなって、俺が娘を引き取り、島崎町《しまざきちょう》に裏店《うらだな》を借りて一献の小女およを子守につけていたのだが……。と、ここまでは、おぬしも女将も既に承知のこと……」

荒川は言葉を切ると、手にした盃をぐいと空けた。

「で、横網町に道場を開いて以後、娘はどうした？　無論、おぬしが連れて行ったのだろうな？」

夢之丞は荒川の盃に酒を注《つ》ぐと、ちらと荒川を窺った。

「無論だ。だが、それでなくても力弥は俺がおよを唆《そそのか》したと激怒していたのだ。そうではない、俺はおよを子守としてしか見ていない、と弁明してみたところで、力弥がああそうですかと認めるわけもない。それで、新たに子守の婆《ばあ》さんを雇ったんだが、今度は、力弥のほうがそれでは娘が可哀相だと言い出してよ。婆さんをつけているといっても、横網町は男所帯ではないか。しかも、おまえさんが日がな一日道場にいるとなったら、娘に何事かあったところで対処できないだろう……。そう言い、一献で育てるのなら、人手もあることだし、自分も商いの合間にちょくちょく娘の世話がしてやれると言ってよ。さっさと佐賀町に連れてっちまった。とは言え、田中の娘のことは、俺の責任だ。それで、稽古を終えると、四、五日に一度、いや、二、三日かもっと足繁《あししげ》く、俺のほうから佐賀町まで逢いに行っているのよ」

「なんだい、それでは、今までとさして違わないではないか」

「いや、それが違うのよ。今までは一献で飲んでいても、遅くなると帰るのが億劫《おっくう》になり、そのまま力弥の部屋に泊まっていたのだが、現在《いま》は……。いや、勿論、現在《いま》も夜更けて帰るのが面倒になると、翌朝、朝餉《あさげ》を済ませて帰るのだが、以前とはどこかしら違う……。

つまり、男と女《おな》ごの……」

荒川が言葉に詰まり、ちらとおりゅうを窺う。

おりゅうも何か察したのか、つと膝に視線を落とした。

「つまり、男と女ごの関係ではなくなったというのだな?」

夢之丞がさらりと言うと、あっと荒川とおりゅうは顔を見合わせた。

「まっ、つまり、そのような……」

荒川は可哀相なほどに潮垂《しおた》れた。

おりゅうが気を利かせ、空《から》になった徳利をさり気なく振ると、燗場へと立って行く。

「それで、おぬしは現在《いま》になって三百落とした気分になっているのだな?」

「……………」

「なんでェ、煮え切らねえ男だな! おぬし、豆腐《とうふ》のように生《なま》っ白《ちろ》い顔をしているだけじゃなく、肝っ玉までスカスカかァ? 力弥に惚《ほ》れているんだろ? だったら、廻りくどいことをせずに、言っちまいなよ、俺の女房になってくれってさ。確か、おぬしは言ったよな? 力弥には今までさんざっぱら迷惑をかけてきた。田中を死に追いやったことで鬱屈《うっくつ》した気持を救ってくれたのも力弥だし、随分と金の無心もしてきた。だから、これではいけないと自立の道を考え、道場を開く決意をしたが、力弥は子供が嫌いだし、華《はな》やかな世界に身を置いた力弥に貧乏な暮らしを強《し》いられない……とな。だがよ、現在《いま》のおぬしを見ると、道場の運営は順調に運んでいるようだし、子供嫌いだといった力弥が田中の娘を引き取り、育てているというではないか。ならば、今や何ひとつ支障はないはずだ。何ゆえ、力弥と正式に所帯を持たぬ。それとも、あのとき、おぬしが言った言葉は嘘だとでもいうのか! おぬし、力弥以外の女ごと情を交わすことは出来ない……。そう、はっきりと言ったのだぞ!」

「……………」

荒川は飯台《はんだい》の上に視線を落とし、何か考えているようだったが、意を決したのか、つと目を上げた。

「あのときと考えは何ひとつ変わってはいない。寧《むし》ろ、力弥への想《おも》いは強まったかもしれない。だからこそ、俺は道場を開くに当たって、力弥から用立ててもらった金を毎月きっちり返済してきたし、この分なら、贅沢《ぜいたく》な暮らしはさせてやれないまでも、曲《ま》がりなりにも、力弥と娘を食べさせていくことが出来るのではないかと思い、一献を畳《たた》んで横網町で一緒に暮らさないかと持ちかけてみた。ところが、力弥は首を縦に振ろうとしないのだ。一献は辰巳芸者《たつみげいしゃ》をしていた自分が、誰にも頼らず、たった一人で造り上げた見世で、生命《いのち》なのだ、と言うのよ。そこまで力弥に言われたのでは、俺としてはもう何も言えなくてよ……」

「だったら、一献はそのままにしておいて、おぬしが佐賀町から横網町まで通えば済む話ではないか」

「それも言ってみた。が、力弥は何故現在《なぜいま》のままでは駄目なのか、と逆に訊いてきた。自分は三十路《みそじ》をとっくに過ぎてしまった女ご。水気がなくなったどころか、焼廻《やきまわ》っちまった。これまで、おまえと所帯を持ちたいと思わなかったといえば嘘になるが、そんなことは夢のまた夢……。夢だからこそ、いいともいえるのさ……。そう言ってよ。それればかりか、いっそのやけ、おとよと所帯を持っちゃどうだい、なんてことまで言い出してよ。何を言ってやがる！　あのとき、俺がおとよを唆したとあれほどまでに肝精《きもせい》を焼いたくせしてよ。とても同じ女ごの言葉とは思えないだろ？　とにかく、二言目には、もう歳だからと言って、溜息《ためいき》を吐《つ》きやがる……。けどよ、そんなことを言われると、俺としては放っておけないだろ? 心なしか、このところ、やけに痩《や》せちまったように思えてよ。顔色も悪い……」

「力弥は幾つだ」

「さあて……。三十五、いや、七、八か……。とにかく、訊いたところで、答えやしないんだから……」

「はて……。三十路といえば、女盛りなんだが……」

夢之丞もうむっと首を傾《かし》げる。

「宜《よろ》しいかしら? そろそろお酒がなくなる頃かと思い、熱いところをお持ちしましたの」

おりゅうが盆に徳利を載《の》せて、小上がりにやって来る。

「あら、ちっとも箸《はし》が進んでいないではないですか。お上がって下さいまし。次は泥鰌鍋《どじょうなべ》をお出しすると、亀爺が手ぐすねを引いて待っていますのよ」

「おっ、そいつはいい。さあ、食おうか」

夢之丞はそう言うと、柚子釜に手をつけた。

柚子の皮を器に見立て、大根膾《だいこんなます》を詰め込んだ柚子釜……。

甘酢と柚子の香りに、酔って朦朧《もうろう》とした頭がしゃきっと目覚める。

荒川は殻から剝《は》いだ牡蠣を口に含み、相好《そうごう》を崩した。

「美味《うま》い! 力弥はこれに目がなくってよ」

「あら、次は、ご一緒にいらっしゃいましな。是非《ぜひ》、是非、そうなさいませ！」

「そうしたいが、見世と娘の世話で、これまでのように外に出掛けることが出来なくなってよ」

「まあ……。では、可愛《かわい》がっていらっしゃるのね。お幾つですの？」

「お千代《ちよ》？　年が明けて、六歳かな」

「お千代ちゃんていうのね。可愛らしい名前だこと！　武家のお子ですもの、さぞかし利発なお子でしょうね」

「ああ、田中の妻女《さいじょ》の躾《しつけ》が行き届いていたのだろう。五歳ながら、しっかりとした字を書くし、第一、行儀がよい。深川育ちの力弥がお千代には文句のつけようがなく、たじたじしているよ」

「子供は四、五歳くらいまでの環境が大事といいますものね」

おりゅうの顔がつと曇《くも》った。

おけいのことを考えているのだろう。

「荒川、おぬしは知らないだろうが、現在、おりゅうさんもおけいという十歳ほどの娘を育てているんだぜ」

夢之丞がそう言うと、おりゅうは、あら、と顔に紅葉《もみじ》を散らした。

「育てるなんて、おこがましい……。まだ引き取ったばかりなんですけどね。さあ、これからどうなりますことか……」

「ほう、独り身のおりゅうさんがね。だったら、力弥がお千代を育てても不思議はないわけだ。ところで、おりゅうさんは今後所帯を持つ気はないのですか?」

「所帯だなんて、そんな……」

おりゅうはますます紅《あか》くなって、俯《うつむ》いた。

「そうだ! おい、半井、俺は前々からおぬしとおりゅうさんのことが気にかかっていたのだ。俺のことをとやかく言う前に、二人の関係をはっきりとさせたほうがいいのではないか?」

一体どういう風の吹き回しか、あっと思ったときには、鉾先《ほこさき》が夢之丞へと向いていた。

「莫迦《ばか》なことを……。荒川、おぬし、何を戯《たわ》けたことを!」

「そうですよ。いけませんわ、荒川さま。戯《たわむ》れが過ぎますことよ。夢之丞さまは歴《れっき》としたお侍……。居酒屋の女将など、相手にして下さいませんわ」

「それこそ、戯けというものだ! 武家といえども、半井も俺も浪々の身。いや、おりゅうさんは知らないだろうが、おまえさんが席を外していたとき、こやつ、俺を摑《つか》まえて、力弥に惚れているのなら、はっきりとしろ、所帯を持てと、さんざっぱら嗾《けしか》けていたのだぜ。こやつが他人《ひと》に説教が出来る身かってェのよ! 端《はた》から見れば、半井とおりゅうさんは、誰が見ても相惚《あいぼ》れの仲……。俺に力弥と所帯を持てと説教をたれるのなら、自分がまずおりゅうさんとの仲をはっきりさせるべきではないか? 俺たちは浪々の身という点も、相手が飲屋の女将という点も、そのうえ、血の繋《つな》がらない娘を育てていることまで、条件は同じ……。それなのに、自分のことは棚に上げ、他人《ひと》にやいのやいのと説教するとは、笑止千万！」

荒川は言いながら次第に自信がついてきたのか、土間の樽席《たるせき》にまで聞こえそうな声で、鳴り立てた。

「荒川さま、お声が……。それに、荒川さまと夢之丞さまは、決して条件が同じではないのですよ」

おりゅうが慌てて目まじする。

「違うと？　どこが違う」

「いえ、それは……」

おりゅうが辛《つら》そうに眉根《まゆね》を寄せ、視線を落とした。

となれば、夢之丞も黙っていられない。

「婆さんがいるのよ！　それも、些《いささ》か手に負えない、婆さんがよ！」

夢之丞は半ば自棄《やけ》っぱちになると、態《わざ》と偽悪ぶり、ぞん気に言い放った。

「婆さん？　ああ、おぬしの母ごのことか」

どうやら、勘の良い荒川は、それで全《すべ》てを察したようである。

「ああ、食った、食った、全て、美味かった。どれ、では、そろそろ泥鰌鍋でもお願い致そうかな」

荒川は皿まで舐《な》めそうな勢いで鰤を平らげると、にっと笑った。

おりゅうが板場へと立って行く。

その背を見ながら、荒川が呟く。

「おぬしも辛いのっ」

「ああ、全くだ。だが、おい、待てよ。言っておくが、俺とおりゅうさんは清い仲だ。惚れたのはれたの、おぬしたちのように情を交わすなど、とんでもない！」

「だから、もっと辛いのではないか？　殊《こと》に、おりゅうさんは辛いだろう。おぬしは気づいていないだろうが、あれは完全におぬしに惚れきった目だぜ。いやいや、本当は、おぬしも気づいているのよ。気づいていて、態と気づかない振りをするのだから、俺に言わせれば、おぬしほど薄情な男はおらぬぞ」

「薄情か……。そうかもしれん」

「おっ、どうにかならぬのか、おぬしの母ごは。おりゅうさんと母ごを仲良くさせるとか、説得するとか……」

「いやァ……」

夢之丞は曖昧《あいまい》に言葉を濁した。

が、腹の中では、二人を仲良くさせるなど、天骨《てんこち》もない（とんでもない）！　天と地がひっくり返ったって、まず以て、そんなことはあり得ない、と毒づいていた。

「禄《ろく》を離れたといえども、武士は武士。常住死身《じょうじゅうしにみ》、武士道の精神を忘れてはなりませぬぞ」

真沙女は二言目にはそう言い、夢之丞の仕官が叶《かな》う日を心待ちにしながら、食を切り詰め、針仕事や鼓《つづみ》や茶の湯の出稽古《でげいこ》に老体を鞭《むち》打ち、尚《なお》かつ、毅然《きぜん》と姿勢を正して生きているのである。

夢之丞にしても、そんな真沙女が憎かろうはずがない。

だが、真沙女には済まないと思いながらも、背中にずしりとのし掛かる、この重圧……。

そんな真沙女を前にして、好きな女ごが出来たので、所帯を持ちたいなどと、口が裂けても言えないではないか。

「所帯を持ちたいだと？　十年早い！　そなた、女ごに現《うつつ》を抜かし、仕官の望みをお捨てか！」

訊かなくとも、そんな答えが返ってくるのは、目に見えていた。

第一、無理を通して、おりゅうが幸せになれるはずがない……。

「どうやら、おぬしの母ごというのは、相当、手強《てごわ》い女ごのようだの。まっ、似ているようでも、各々《おのおの》、宿命《さだめ》は違うものだからの。ところで、今日の鳥目《ちようもく》(代金)は俺に払わせてくれないか？　なに、そのつもりで来たのだ。力弥のことでおぬしに相談したかったのでな。ついては、おぬしに頼みがある。力弥に逢って、あいつの本音《ほんね》を聞き出してほしいのだ。あいつ、俺の前ではどうも肩肘《かたひじ》を張っているように思えてならぬのよ。それで、出入師のおぬしになら、本音を洩《も》らすのではないかと思ってよ。小づりというのか？　つまり、謝礼だが……。無論、払うつもりだ。遠慮なく言ってくれ」

「てんごう言ってんじゃねえや！　今や、俺はおぬしを友だと思っているのだぞ。力弥にしても、知らない仲じゃない。そんなおぬしから小づりが取れると思うか？　いいか、荒川、よく聞け。俺は出入師として動くつもりは微塵《みじん》もない。だが、友としてなら、悦《よろこ》んで力を貸そうぞ」

「済まない。男として不甲斐《ふがい》ないと解っているが、今や、俺の力ではどうすることも出来ぬのでな」

荒川は真剣なのだ、と思った。

こやつ、なんて善《よ》い男なんだ……。

ほおずきを出たときには、五ツ半（午後九時）を廻っていた。

霜夜《しもよ》である。

そのせいか、日中、どこかしら賑々《にぎにぎ》しげだった仙台堀《せんだいぼり》が、現在《いま》はいかにも冬の夜の風情《ふぜい》を保ち、耳を欹《そばだ》てると、しんしんと音が洩れてきそうなほどに研《と》ぎ澄まされている。

それだけに、より闇《やみ》が深い。

居酒屋の軒行灯《のきあんどん》や屋台見世の赤提灯《あかぢょうちん》、仙台堀を行き交う猪牙《ちょき》の掛け行灯が一際鮮《ひときわ》やかに浮き上がり、ちらちらと狐火《きつねび》のように瞬《また》いている。

夢之丞は凍《い》てついた河岸道《かしみち》を歩きながら、懐手《ふところで》にした腕を袖《そで》から引き抜き、ふうと両手に息を吹きかけた。

吐いた息の白さに、また、ぞくりと背中を寒さが駆け抜けた。

「だから、もっと辛いのではないか？　殊に、おりゅうさんは辛いだろう。おぬしは気づいていないだろうが、あれは完全におぬしに惚れきった目だぜ。いやいや、本当は、おぬしも気づいているのよ。気づいていて、態と気づかない振りをするのだから、俺に言わせれば、おぬしほど薄情な男はおらぬぞ」

ふっと、荒川の言葉が甦《よみがえ》った。

そうなのだ……。

と言うより、おりゅうが俺に惚れている以上に、俺のほうがおりゅうに惚れている……。

気づかなかったのではない。気づいていて、敢《あ》えて、その心に蓋《ふた》をしてきたのである。

初めて出逢ったときから惹《ひ》かれ、それからは飲み代《しろ》さえあれば憑《つ》かれたようにほおずきに通い、たまたま見世で二人きりになった折など、幾たび、おりゅうを引き寄せ、抱き締めたいと思ったことだろう。

恐らく、おりゅうも同じ想いであったに違いない。

夢之丞はおりゅうが初めて身の有りつきを打ち明けた日のことを、今でもはっきりと憶えている。

おりゅうは世間から旦那と思われていた山城屋幸右衛門の死を知らされ、客が帰ってしまった後のほおずきで、たった独り、形見分けの袖煙草入れ《そでたばこいれ》や煙管《きせる》を前に、別れ酒を飲んでいた。

死後十日も経って初めて、八年も世話になった幸右衛門の死を知らされ、山城屋の嫡男《ちゃくなん》からまるで物乞《ものごい》にでもやるかのように形見を手渡されたことへの、悔《くや》しさ、虚《むな》しさ……。

が、おりゅうの目に涙はなかった。

あのときのおりゅうは感情の全てを呑み込んだかのように色を失い、それだけに、夢之丞はおりゅうの哀《かな》しみの深さや幸右衛門への愛の深さに胸を打たれたのだった。

山城屋はこれほどまでに愛されていたのだ……。

そう思うと、一瞬、嫉妬《しっと》にも近い想いが、夢之丞の胸を衝《つ》いた。

ところが、おりゅうから意外な言葉が返ってきたのである。

「あの方は……、山城屋の大旦那さまは、あたしの父親なのです」

おりゅうはそう言い、自分は幸右衛門と柳橋芸者《やなぎばしげいしゃ》との間に出来た娘で、腹の子を始末するようにと言われた母の音哉《おとや》が幸右衛門に内緒で産んだ娘なので、幸右衛門は娘がいるとは知らなかったのだと説明した。

幸右衛門がおりゅうという娘がいることを知ったのはおりゅうが十八歳になった頃のことで、既に音哉はこの世の人でなく、おりゅうも吉原に売られた後のことだった。

それで、幸右衛門は八方手を尽くし、まだ水揚前だったおりゅうを吉原から救い出すと、深川蛤町に恰好《かっこう》ものの見世を見つけ、おりゅうを女将に据えたのである。

だが、幸右衛門は酒問屋山城屋の入り婿である。

大店《おおだな》の主人《あるじ》として、遊里で大尽《だいじん》遊びをしたり、妾《めかけ》を囲うところまでは許されても、下借腹《げしゃくばら》を持つことだけは、女房のお佐和《さわ》が許さない。

「いいな、あたしはおまえの旦那で、妾宅《しょうたく》に三日に一度通って行く……。あたしは家族や世間には、それで通すつもりです。だが、それは世間体のこと。おまえと二人でいるときは、父娘《おやこ》以外の何ものでもないのだからね。おとっつァんだと思って、甘えておくれ」

幸右衛門はそう言ったというのである。

恐らく、幸右衛門が蛤町に通って来た八年が、おりゅうの人生で最も充実し、至福のときだったのではあるまいか。

おりゅうからこの話を打ち明けられたとき、夢之丞は複雑な想いに陥《おち》った。

幸右衛門がおりゅうの旦那ではなく父親であったことに安堵《あんど》し、一方、ここまで幸右衛門を父として慕《した》うおりゅうに戸惑いもした。

男と女ごの関係ならば、切れてしまえばそれで終《しま》いだが、死んでも尚、延々《えんえん》と続く父娘《おやこ》の情愛……。

切ろうにも、決して、切ることの出来ない関係なのである。

が、少なくとも、その隙間《すきま》に滑り込むことが出来たならば……。

夢之丞のおりゅうへの想いは、ますます強くなった。

そして、おりゅう……。

恐らく、おりゅうも同じであっただろう。一見、茫洋《ぼうよう》としていて、誰にでもふわりとした笑みを湛《たた》えて接しているが、あの日、身の有りつきを話してくれて以来、夢之丞にだけは、身に纏《まと》った薄衣《うすぎぬ》を一枚、また一枚と剝《は》がしていくようで、時折、生身《なまみ》の姿さえ見せるようになっている。目と目を絡《から》ませ、二人にだけ解る無言の会話を交わし、互いに、相手の心の中にすっぽりと収まる……。

これだけで幸せだといえば、嘘になるだろう。

だが、夢之丞がおりゅうと幸右衛門の父娘《おやこ》の情愛に悶々《もんもん》とするように、おりゅうもまた、夢之丞と真沙女の母子《おやこ》関係に煩悶《はんもん》しているに違いない。

しかも、しかもである。

真沙女は凛然《りんぜん》と、現在《いま》も生きている……。

堪んねえよ、全く！

やり切れなさに、夢之丞は足許《あしもと》の小石を思い切り蹴《け》り上げる。

しじまの中に乾いた音が転がっていき、同時に、冬木町《ふゆきちょう》のほうから夜廻りの寒柝《かんたく》が流れてきた。

夢之丞は身震いすると、着物の襟《えり》を立て、脚を速めた。

腰高障子をそろりと開けると、板間で箱膳《はこぜん》を前に端座《たんざ》する、真沙女の姿が目に飛び込んできた。

膳の上には伏せたままの飯椀《めしわん》や汁椀《しるわん》、皿の上には、冷めて干涸《ひから》びた目刺《めざし》が二匹……。夢之丞の膳まで用意してあるところを見ると、どうやら、今宵《こよい》も、真沙女は夢之丞が帰るまで食べないで待っていたようである。

真沙女は無表情に、じろりと夢之丞を一瞥《いちべつ》した。

「遅くなり、申し訳ありません。母上がまだ召し上がっていなかったとは……。いつも申し上げていますように、わたくしの帰りが遅いと見ましたならば、先に召し上がって下さいませ」

「遅いとか早いとか、どこを見て判断すればよいのですか？　そなた、今宵は遅くなるとひと言も言わなんだではないか！」

「ええ、ですから、こんなに遅くなると思っていなかったものですから……。では、こう致しましょう。六ツ半（午後七時）を過ぎても帰らなければ、遅くなると判断していただいて……」

「六ツ半だと！　そなた、六ツ半までに帰宅した例しがないではないか」

「では、ぎりぎり五ツ（午後八時）。これ以上遅くなっては、母上の身体に障《さわ》ります」

「母の身体を案じるのであれば、何ゆえ、もっと早く帰って来ない！　そなたの理屈を聞いていると、これでは母子《おやこ》で膳を囲むことはないと言っているのも同然。そうであろう？　そなたが五ツまでに帰宅するなど、まず以て、皆無だからのっ」

「ええ。ですから、朝餉は共にしております」

「当然ではないか。母が言うておるのは、夕餉のことです。朝は何かと気忙《きぜわ》しい。ゆっくり母子《おやこ》の会話をする間もないではないか。だからこそ、夕餉を共にし、互いにその日一日あったことを報告し合い、意見の交換をするのではないか。それが母子であり、家族というもの……。いいな、夢之丞。今や、半井家はそなたと母の二人しかおらぬが、元はといえば……」

またたよ……。

夢之丞は吃《しわぶ》きを打つと、

「母上、腹が空《す》いて参りました。いただこうではありませんか」

と言った。

真沙女が驚いたように目を点にする。

「おや、そなた、夕餉を済ませたのではないのですか」

「七ッ半（午後五時）頃、蕎麦《そば》を食っただけで、夕餉とはいえません」

「まっ、食っただなんて、いつからそんな卑《いや》しい言葉遣いを……」

真沙女はつと眉根を寄せたが、それでも嬉《うれ》しげにいそいそと厨《くりや》に立った。

やれ……、と夢之丞は箱膳に目を落とす。

またもや真沙女に嘘を吐いたことに忸怩《じくじ》とするが、それより何より、ほおずきで食べた殻付き牡蠣や鰤の照焼の、なんと美味かったこと……。

極め付きは、ほかほかと湯気の立つ泥鰌鍋……。

牛蒡《ごぼう》の香りが利いて、荒川など、三杯もお代わりをしたほどである。

正《まさ》な話、腹中満々《ふくちゅうまんまん》のところに、この粗末な夕餉膳……。

だが、それもこれも、このところ出入師の仕事にあぶれてしまい、真沙女に真面に金を渡していないからなのである。

母上、申し訳ありません……。

夢之丞は胸の中で呟くと、態と大声を上げた。

「おっ、良い匂《にお》いがするではありませんか！」

「そうだろう？」

真沙女が温《あたた》め直した鉄鍋《てつなべ》を運んで来る。

木蓋《きぶた》を開けると、つっと味噌《みそ》の香りが鼻を衝いた。

「今宵はただの味噌汁ではありませんぞ。ほれ、具がこんなに沢山！　実は、吉富《よしとみ》で猪肉《ししにく》を頂いてな。薩摩《さつま》の出というお女中から、薩摩汁の作り方を教えていただいてな。ほれ、人参、大根、甘藷《かんしょ》、牛蒡、椎茸《しいたけ》、葱《ねぎ》、油揚と、猪肉の他にこんなに沢山の具が入っていますぞ」

真沙女が満面に笑みを湛え、木杓子《きじゃくし》で汁を掻き混ぜる。

「ほう、猪肉ですか……」

現金なものである。

薩摩汁と聞いた途端、満腹だったはずの腹にすっと隙間が出来た。

夢之丞は真沙女の前に汁椀を突き出す。

「頂こうではありませんか」


翌朝、井戸端で顔を洗っていると、おりつとおきんの会話が耳に飛び込んできた。

「おぶんちゃんの縁談が決まったんだって？」

「おや、早耳だね。いえね、夕《ゆん》べ、あたしも亭主からそんなことを聞いたもんだから、えっ、まさか、あのじゃじゃ馬娘がなんて思っちゃったけど、考えてみれば、あの娘《こ》ももう十九だもんね。あたしなんぞ、十九のときには、昇太《しょうた》を産んでいたからさ」

「けどさ、おりつさん、その話をどこから聞いた？」

左官の三太《さんた》の女房おきんが鍋を束子《たわし》でごしごしと擦《こす》りながら、おりつを覗き込む。

「ほら、うちの亭主は際物売《きわものう》りだろ？　現在《いま》は煤竹《すすだけ》だの、正月用の門松《かどまつ》を売り歩いてるんだけどさ。昨日、門仲《もんなか》（門前仲町）の淡路《あわじ》って料理屋に頼まれていた煤竹を届けに行ったところ、丁度、玄関口から出て来た大家とおぶんちゃんに出会《でくわ》したというじゃないか。しかも、大家の後から出て来たのが、材木町《ざいもくちょう》の半襟屋《はんえりや》えり半の大旦那夫婦。えり半の大旦那といえば、今までに七十五組も媒酌《ばいしゃく》したのが自慢で、現在《いま》も、目の黒いうちになんとか百組をと釈迦力《しゃかりき》になっているというからさ。しかも、夫婦揃《そろ》って、昼日中《ひるひなか》、料理屋から出て来るとなると、誰だって、すわ、七十六組目？　と疑いたくなるじゃないか。案の定、えり半は二十七、八の男と六十路《むそじ》もつれの老婆を引き連れていてさ。亭主が慌てて挨拶《あいさつ》をしようとしたら、どういうわけか、大家もおぶんちゃんもプイと横を向いちまってさ。代わりに、えり半の大旦那が愛想《あいそ》良く返事をしてくれたというのよ。ほれ、うちの亭主は猪牙《ちょき》助《すけ》と呼ばれるほどの調子者だろ？　えり半の大旦那に出逢うと、その度に、今日《こんち》お日柄もよく、おめでとさん、と声をかけていたそうでさ。ううん、別に、意味なんてありゃしない。そう言っとけば、差し支《つか》えがないだろうと思ってのことでさ。ところが、えり半の大旦那が亭主のおべっかを真面に受けたから、驚き桃の木……。大旦那がさ、ああ、全くだ。どうやら、これで念願成就となりそうだ。百組にまた一歩近づきましたぞって……。まあ、おまえさん、そう答えたというじゃないか。亭主はびっくらこいたのなんのって、慌てて、大旦那が連れていた男の顔を覗き込んだそうな。ところが、これが豆腐のような身体をした生《なま》っ白《ちろ》い男でさ。身形こそ対《つい》の上田縞《うえだじま》を纏って、しゃきっとして見えたが、歩き方までがなんだか女々しくてさ。まさか、おぶんちゃんがこんな男と……。そう思って、今度は大家やおぶんちゃんの顔を見ようとしたんだけど、二人とも振り返ろうともしないで、さっさと大鳥居に向けて歩いて行っちまってさ。うちの亭主ったら、ありゃ、一体《いってえ》なんだったのだろうって、夕《ゆん》べ頻《しき》りに首を傾げてさ。だから、あたしゃ言ってやったんだ。決まってるじゃないか、おぶんちゃんの縁談が纏まったんだよって……。ねっ、おきんさんだってそう思うだろ？　ところで、おきんさんは誰にその話を聞いたのさ」

おりつは竹に油を塗ったように捲《まく》し立てたが、ふっと真面目《まじめ》な顔に戻ると、おきんの顔を瞠めた。

「うちも亭主がそんなことを聞いて来てさ。うちの亭主は左官だろ？　現在《いま》、亭主が入ってるのが向島《むこうじま》の普請場《ふしんば》でさ。八名川町《やながわちょう》の煎餅屋《せんべいや》の寮を造ってるんだけど、なんでも、棟梁《とうりょう》の話では、煎餅屋の次男に婿養子の口が見つかったとかで、それで大旦那が安心して長男に見世を譲り、向島に隠居することになったてェのよ。まっ、目出度《めでた》い話なんだけど、亭主が驚いたのは、煎餅屋の次男が養子に入るってェのが、深川冬木町界隈《かいわい》に幾つも裏店を持っている大家の一人娘と聞いたからでさ。亭主ったら、帰って来るなり、あたしを問い詰めるじゃないか。おめえは知ってたのか、地獄耳のおめえが知らないわけがないだろうがって……。そんなことを言われたって、知らなかったんだから仕方がないじゃないか！　そうだ、半井さまはおぶんちゃんと親しくしていなさるんだ。知っていました？　おぶんちおんや、どうしちまった？　半井さま、尻毛《しりげ》を抜かれたみたいな顔をしちゃってさ！」


おきんに言われ、夢之丞は慌てて首を振った。

「いや、初耳だ。あんまし意外だったもので、それで、つい、呆然《ぼうぜん》としてしまったほどでよ」

「そりゃ妙だわ。今まで、おぶんちゃんは金魚の糞《ふん》みたいに、半井さまにくっついて歩いてたんだよ」

おりつが言うと、おきんも相槌《あいづち》を打つ。

「あの娘《こ》ったら、人前で堂々と、あたしは夢之丞さんの嫁になるって、そりゃもう、はっきりと公言していたんだ。それなのに、半井さまに相談もなく見合いをするなんて……。ううん、見合いなんてもんじゃない。これはもう決まったのも同然の話なんだよ！」

「いいんですかァ？　半井さま、このまま放っておいても……。おぶんちゃんをその豆腐のような身体をした男に盗《と》られても知りませんよ！」

「止《よ》しとくれよ、二人とも！　おぶんが誰と所帯を持とうが、それは俺には関係のねえこと。よいではないか、目出度い話なんだから……」

夢之丞はそう言うと、くるりと背を向けた。

その背に、二人の声が追いかけてくる。

「おやおや、逃げちまったよ」

「知らないからさ！　後で、三百落としたと地団駄《じだんだ》を踏んでもさ！」

なんでェ！

夢之丞はちっと舌を打つ。

が、どういうわけか、心穏やかではなかった。

今までは、正直に言って、おぶんをもて余し、付きまとわれるのにも辟易《へきえき》していたのである。

なんと言っても、おぶんは夢之丞より十歳も年下で、大家の徳兵衛《とくべえ》が溺愛《できあい》して育てたせいか、我儘《わがまま》なうえに、高慢《こうまん》とくる。

あんなじゃじゃ馬、持参金に二百両つけると言われてもお断りだが、それより何より、口を開けば、いつの日にか仕官をと言い立てる真沙女を抱えていては、どう転んだところで、夢之丞が大家の入り婿になれるわけがない。

これが相手がおりゅうというのであれば、無理を承知で、いっそ開き直ってもよいと思わなくもないが、おぶんが相手では、とてもそんな気にはなれない。

それなのに、なんだ、この狐を馬に乗せたような、胸の折り合いの悪さは……。

へっ、ざまァねえや。御座《おざ》が冷めちまわ！

夢之丞はぶつくさ独りごちると、腰高障子を開けた。

お汁《つゆ》の匂いがつんと鼻を衝く。

用意してあった箱膳の前に坐ると、真沙女が浅蜊《あさり》の味噌汁を運んで来た。

「昨夜、言いそびれたが、そなた、幾らか持ち合わせがおありかえ？」

飯を装《よそ》いながら、真沙女が何気ない口振りで問う。

きやりと胸が高鳴った。

「いえ……。申し訳ありません。このところ懐不如意で、母上にも随分永いこと金子《きんす》をお渡ししていませんね。鴨下先生も気にしておいでなのですが、道場もこのところ門弟の数が減り……」

「そなたの内職とやらも、どうやら、あまり甘《うま》く運んでいないとみえますな」

あっと、夢之丞は飯椀にかけようとした手を止めた。

やはり、真沙女は夢之丞が裏で出入師という、あまり聞こえのよくない仕事をしていることを、知っているのである。

「いいのですよ。こう、世の中が金詰まりとあっては、誰しも、財布の紐《ひも》を弛めたがりませんからね」

「ですから、母上。こういうときこそ、わたくしが仕官する日のためにと、今まで溜《た》めてきた金をお遣い下さいませ」

「なりません！　金なんて、一度《ひとたび》手をつけてしまうと見境もなく、ずるずると消えてしまうものです。あの金はないものと思えと、いつも言っておるであろうが。いいのですよ。また母が針仕事をすればよいのですから……。さあ、どうしました？　お上がりなさい」

さあ、お上がりなさいと言われても、いきなり袈裟《けさ》懸《が》けを食らった後では、そうそう喉《のど》をすんなりと通るものではない。

仕方なく飯を口に放り込み、浅蜊汁を啜《すす》るが、味噌の香りを愉《たの》しむどころか、砂を嚙むような想いだった。

「そうよ、吉富の静乃《しずの》さまのことだが、どうやら、縁談が纏まったらしい」

何を思ったのか、真沙女が唐突に言った。

「えっ……」

「何をそう驚いている。年頃の娘ごですもの……。そろそろ、母もどなたかお世話をしなければと思っていたので、これで安堵いたしました。なんでも、お相手は御家人《ごけにん》の三男坊とか……。吉富は両替商ですもの、これはまたとない良縁。金兵衛《きんべえ》どのもお悦びでな。当の静乃どのもこれまでは縁談があると、悉《ことごと》くお断りになっていたそうだが、此度はどういうわけか承知なされたそうな。祝言は桜の咲く頃と聞いたが、そうなると、これまでのように吉富の離れで母が鼓や茶の湯を教えることが出来なくなる。いえ、吉富では、今までとなんら変わりないのだから使ってくれと言ってくれるのだが、いつまでも甘えているわけにはいかないのでな。そろそろ潮時かと思っています」

「けれども、静乃どのだけが弟子というわけではありませんでしょう？　他にも、吉富が紹介してくれた弟子がいると聞きましたが……」

「皆さま、年頃の娘ごですもの。既に嫁入りなされた方もいれば、これから次々と……。ですから、これから新たに、生きる術《すべ》を見つけなければならないのですよ。まっ、いずれにしても、静乃どのが祝言を挙げられてからのこと。まだ少し日がありますので、よく考えてみることに致します」

「……」

夢之丞の心は千々《ちぢ》に乱れていた。

一体、今日はなんという日なのであろうか……。

つい今し方、おぶんの縁談が決まったと聞いたばかりというのに、静乃まで……。

静乃とは、ごろん坊に絡まれたところを夢之丞が助けたのが縁で知り合ったのだが、以来、静乃ばかりか吉富の主人《あるじ》金兵衛にまで惚れられ、是非にも吉富の婿にと請《こ》われた経緯がある。

無論、婉曲《えんきょく》に断ったのであるが、それからというもの、別に下心があるわけでもないのだろうが、吉富では静乃に鼓や茶の湯の稽古をつけてくれと、搦《から》め手として真沙女を取り込み、離れを茶室に改築してみたり、弟子まで紹介してくれたのである。

が、真沙女も然《さ》る者……。

夢之丞が婿に請われたのを知っていて、それはそれとばかりに、つるりとした顔をして、今日まで吉富の厚意に甘えてきたのだった。

ところが、静乃が祝言を挙げてしまえば、いかに吉富がこれまで通りにと言っても、今までのようにはいかない。

気位《きぐらい》が高く、常から、他人《ひと》に甘えることの出来ない真沙女だからこそ、区切《けじめ》をつけたいと思うその気持が、夢之丞にも手に取るように解るのだった。

だが、この想いはどうだろう。

いっそ、すっきりとしたという想いと裏腹に、何故《なぜ》か心寂《うらさみ》しいような、気が抜けたような……。

「さあ、どうしました。お汁が冷めてしまいますよ」

真沙女の声にハッと我に返り、夢之丞はズズッと汁を喉に流し込んだ。

なんだか、しょっぱいような味がしたと思ったが、やはり、夢之丞の錯覚であろうか……。

それから三日ほどして、夢之丞は佐賀町を訪ねた。

丁度、師走《しわす》も十三日とあってか、大店の店先では小僧たちが庇《ひさし》や看板《かんばん》の煤払《すすはら》いに大わらわで、通りを行き交う人の顔までが、どこかしら殺気立ったように見えた。

が、茶飯屋一献は昼の書き入れ時を過ぎた八ッ（午後二時）とあってか、客が一人もなく、深閑《しんかん》としていた。

夢之丞が暖簾を潜ると、おとよらしき女が五、六歳ほどの女の子の手を引き、買い物にでも行くのか、手提袋《てさげぶくろ》を手に奥から出て来た。

「あら……」

おとよは夢之丞を見て、驚いたといった顔をした。

「いや、飯を食いに来たわけじゃない。ちょいと女将に用があってな」

そう言うと、おとよは探るような目で夢之丞を見た。

「確か……、先に荒川さまの件で……。そう、出入師の半井さま」

「そうだが……。だが、あのとき、俺とは真面に顔を合わしちゃいないのに、よく判ったな」

「だって、好《よ》い男ですもの。女将さんや荒川さまから、さんざっぱら、半井さまの噂を聞きましたからね。女将さんなんか、自分がもう十歳も若かったら、きっと半井さまに惚れていたねって……。それを聞いて、荒川さまが、おい、俺はどうなるのかよって、ぶんむくれるの。ふふっ、でも、二人は本当に仲が良くて……。あら、嫌だ。余計なお喋《しゃべ》りをしちゃったわ。女将さんですね。はいはい、今、呼んで参ります。お千代ちゃん、ここで待っていてね。女将さんを呼んで来たら、すぐに千代紙を買いに行くからね」

おとよはお千代を床几《しょうぎ》に坐らせると、カタカタと下駄を鳴らして、板場の奥へと消えた。

「おまえがお千代ちゃんか……。どうだ、女将さんは優しくしてくれるか？」

「はい」

お千代は愛らしい声で、はっきりと答えた。

聡明《そうめい》な娘のようである。

通常、五、六歳までは唐子《からこ》といって、耳の上の毛と盆の窪《くぼ》、前髪だけを残して後は剃《そ》ってしまうのだが、お千代は芥子《けし》坊主《ぼうず》全体に髪を生《は》やしたお河童《かっぱ》頭にしているので、歳よりは幾分ませて見え、面立《おもだち》にも目から鼻に抜けるような、凛々《りり》しさが窺える。

が、夢之丞はお千代の表情に、裏店の子供たちが持つ活気や含羞《はにかみ》……、要するに、幼さゆえの愛らしさが欠けているのに、疑問を持った。

銀狐のお蝶の下《もと》で、掻っ払いをして身過ぎ世過ぎをしてきたあのおけいでさえ、どこかしら子供らしい雰囲気を持っていたのである。

だが、無理もない。

御徒組の娘として厳しい躾の中で育ち、おまけに、僅《わず》かな歳月の間に双親《ふたおや》を失い、他人《ひと》から他人へと転々としてきたのであるから、無意識のうちに、身体の周囲《まわり》に目に見えない壁を造ってしまったのであろう。

「荒川のおじさんは毎日のようにここに来るのか?」

なんとなく気ぶっせいな空気を払おうとして、夢之丞がそう訊ねると、お千代はまた無表情に、はい、と答えた。

なんだか、真沙女が子供返りをして、そこに坐っているようである。

「まあまあま、なんて嬉しいんだえ。半井さまが訪ねて来て下さるなんて!」

力弥が取ってつけたように愛想声を出して、奥から出て来た。

「おう、元気にしていたか。ちょいと用があって、近くまで来たからよ。おまえさんがどうしているかと思ってよ」

「元気に決まってるじゃないか。丁度、見世が空いたときでさ。いいときに来てくれたよ。あっ、それとも、何か食べるかい? お腹は?」

「中食《ちゆうじき》に蕎麦を食ったばかりだ」

「蕎麦じゃ、腹の足しにもなりゃしない。と言っても、うちも昼の書き入れ時が終わって、板場の火を落としたばかりでさ。七ツ(午後四時)過ぎまで、板場の爺《じい》さんを休ませることにしているものでね」

「なに、腹はくちくなっている。それより、そこの角に団子屋があったが、団子でも食いに行かないか」

「ところがさ、これから、おとよがお千代ちゃんを連れて、千代紙やら正月用の手絡《てがら》を買いに行くんだよ。そうなると、見世に誰もいないってわけにはいかなくてさ。団子でいいのなら、丁度、到来物の鹿子餅《かのこもち》があるんだよ。そうだ、そういうことにして……。おや、おまえたち、何をしてるんだい？　ほら、お千代ちゃんが首を長くして待ってるじゃないか。さっさと行って来な」

力弥に言われ、おとよは夢之丞に会釈《えしやく》をすると、お千代の手を引き、出て行った。

力弥がいそいそとお茶の仕《し》度《たく》をする。

心なしか、窶《やつ》れて見えた。

以前は、島田《しまだ》崩《くず》しにしていた髷を、現在《いま》は、梳《す》き髪を笄《こうがい》と簪《かんざし》で留めただけのごたいづけにしているし、帯も半帯を貝の口に結んだだけである。

が、流石は嘗《かつ》てちゃきちゃきの辰巳芸者で鳴らした力弥である。

着物は高価な紺地《こんじ》の薩摩絣《さつまがすり》ときて、しかも、きりりと小粋《こいき》に着こなしている。

「お待たせ！　取って置きの山吹《やまぶき》（茶）だよ。本当は、おまえさんにはお茶よりお酒《ちやけ》のほうが良かったんだろうけどね」

「止せやい！　真っ昼間から」

「おや、ほおずきでは真っ昼間から飲むんじゃなかったのかえ？　そう言えば、先日、荒川が莫迦なことを言いに行ったんだってね。あんな戯れ言《ざれごと》、うっちゃっといて下さいな」

「戯れ言って……」

「おや？　だって、それで来たのだろう？　ふふっ、なんだえ、その狐に摘《つま》まれたような顔は……。何もかも聞いたんだよ。荒川がほおずきでおまえさんと飲んだと言うだろ？　あいつがわざわざおまえさんを呼び出すなんて、何かあるに違いない。それで問い質《ただ》したところ、おまえさんにあたしの腹を探ってくれと頼んだというじゃないか。馬鹿馬鹿しくって、開いた口が塞《ふさ》がらない！　腹を探るも何も、あたしに喋ったんじゃ、元も子もないじゃないか。あいつ、馬鹿正直な奴でさ。嘘が吐けないのさ」

「だったら、話は早い。おまえさん、荒川のことをどう思っているのだ」

「どうもこうもありませんよ。荒川が道場を開いたってだけで、今までと何ひとつ変わっちゃいないんだから……」

「いや、そういう意味ではなく、荒川はおまえと所帯を持ちたがっている。何ゆえ、色よい返事をしないのだ」

「だって、現在《いま》だって、所帯を持っているのと同じなんだよ。あたしゃ、いい歳をして、今更、祝言を挙げようなんて思っちゃいませんよ。ただ、それだけさ」

「祝言は挙げなくてもよい。荒川は区別《けじめ》をつけたいと言っているのだ。それによ、つまり……。お千代って娘を引き取ってから、おまえと荒川の間には、つまり……」

「男と女の関係がない。そう言いたいんだろ？」

「まっ、そういうことだ」

「それを言われると、辛いんだけどさ」

「元々、二人の関係がそういう関係でなかったというのなら、解る。だが、お千代が来てからというのは、解《げ》せなくてよ。あの娘《こ》がいると、気まずいのか？　甘くいっているように見えたがよ。仮にそうなら、荒川にそのことをはっきりと言えばよいだろう？」

「嫌だ。勘違いをしないで下さいよ。あたし、あの娘《こ》が可愛くってさ……。終《つい》しか、子供を産むことが出来なかったけど、あたし、現在《いま》ではあの娘《こ》を我が子のように思っているんだよ。お千代ちゃんて、パッと見には、可愛げのない娘に見えるだろう？　けど、根は甘えん坊でさァ、可愛い娘なんだよ。夜なんて、見世を終えて二階に上がると、あの娘《こ》、あたしが傍《そば》に行ったのが判るんだろうね。眠っていても、すっとあたしの身体に擦《す》り寄り、寝巻の袂《たもと》をしっかと握り締めてさ。まるで、もう絶対に放さないと言ってるみたいでさ……。あの娘《こ》、幼くして、おとっつァんやおっかさんを失っちまっただろ？　二度と、独りぼっちになるのが嫌なんだよ。昼間だってさァ、あたしやおとよの前では、よく喋るんだよ。恐らく、おまえさんの前では取り澄ました顔をしていたんだろうが、あの娘《こ》ってね、人見知りをするんだよ。恐らく、あんなにちっちゃいのに他人《ひと》の前に出ると、無意識のうちに防御本能が働くんだろうね。それだけ、ここに来るまで、辛い想いをしてきたってことなんだろうけどさ」

「成程《なるほど》、それはよく解った。では、何ゆえ、荒川を避けるのだ。荒川に惚れた、おまえの気持に変わりはないのだろ?」

「変わるわけがない!　あたしゃ、あの男にとことん惚れてるんだ。おとよと駆け落ちしたんじゃないかと疑ったときには、本気で、あいつを殺してやりたいと思ったほどだ。だから、おまえさんに頼んだのじゃないか。あいつをおまえさんにぶっ殺してもらって、それから、あたしも追いかけて死ぬ……。そこまで思っていたんだ。今から思えば、笑い話なんだけどさ」

「だったら、何故……」

「……」

力弥は深々と息を吐いた。

やはり、何か理由《わけ》があるようである。

「まっ、おまえさんには本当のことを言ってもいいか……。けど、約束しておくれ。今から話すことを絶対に誰にも言わないって!　荒川は勿論のこと、おとよや、そう、ほおずきの女将にもだよ。とにかく、おまえさんの胸にだけ留《とど》めていてほしいんだ」

力弥はきっと顔を上げると、縋《すが》るような目で夢之丞を見た。

「ああ、解った。約束するよ」

「あたしさァ、さっきも言ったけど、本気で荒川に惚れていた。あいつとなら差し違えて死んでもいいと思ったくらいだ……。だから、死ぬことなんて怖くはないんだ。けどさ、お千代ちゃんを引き取ってから、少しばかり考えが変わってきてさ。あんなにあどけない娘が僅か五歳や六歳になるやならないかで、幾たび、愛別離苦を味わってきたかと思うと、荒川があの娘《こ》の親になると誓ったからには、二度と、お千代ちゃんに哀しい想いをさせてはならないと思ってさ。無論、死ぬなんて、とんでもない……。あの娘《こ》が大人になり、それ相応の伴侶《はんりょ》を見つけて所帯を持つまで、荒川やあたしがあの娘《こ》を護ってやらなきゃと思ってさ。あたしさァ、あの娘がここに来たばかりの頃は、荒川と所帯を持って、あの娘を囲んでいっぱしに家族ごっこをしてもいいと思っていたんだ。ところが、その頃は、荒川は道場を開いたばかりで、頭の中は道場のことばかり……。それで、荒川も区別《けじめ》をつけようとひと言も言わなかったんだけど、順調に門弟が集まり、あたしに月々の返済が出来るようになった頃からかね。祝言を挙げて、これからは堂々と夫婦《めおと》として一緒に暮らそうではないかと荒川が言い出してさ。そりゃあ、嬉しかったよ……。涙が出るほど、嬉しかった。けど、その少し前から、あたしの身体に変調が起きてさ。本当は、もっと以前から悪かったのだろうけど、はっきりと目や手の感触で異常が解るようになったのが、その頃でさ……」

力弥はそう言うと、左の乳房を手で押さえた。

「えっ……」

夢之丞は絶句した。

実際に見たことはないが、いつだったか、乳房に腫瘍《しゅよう》が出来て、それが原因《もと》で、死に至った女性がいると聞いたことがある。

力弥は頷いた。

「気づいたときには、これが随分と大きくてさ。親指大の痼《しこ》りがあるばかりか、乳房全体が引きつったみたいに変形していてね。すぐに外道《げどう》（外科）の医師に診《み》せればよかったんだろうけど、怖くてさ。それで、一日、また一日、と延ばしてきたんだけど……。そんな身体になっちまったときに、荒川から所帯を持とうと言われたって……。辛かった。あたし、身体の異変に気づいたときから、荒川を寄せつけなくなってさ。それでなくても焼廻っちまって、いい加減、婆さんだというのに、おっぱいが変形した女ごなんて……」

「何故だ！　何故、荒川に本当のことを打ち明けない！　荒川は心《しん》からおまえに惚れている。きっと、一緒に治療をしようと言ってくれるはずだ」

「冗談も大抵にしておくんなさいよ！　荒川はね、このあたしのおっぱいが好きだったんだ！」

「こっちこそ、てんごう言ってんじゃねえやと言いてェや！　確かに、男にとって、女ごの身体は魅力的だ。だがよ、本気に人を好きになるってことは、相手の何もかもを好きになることだ。そんなことを荒川に言ってみな？　ぶっ叩《たた》かれるぜ。人を無礼《なめ》るのもいい加減にしな、俺はおまえの心に惚れてるんだよってさ！」

「だから、だからこそ、あの男《ひと》にだけは無様《ぶざま》な姿を見せたくない。荒川が好きだから、ぶっ殺したいほど惚れているから、あの男《ひと》にだけは見せたくない！」

「……」

夢之丞には言葉がなかった。

ぶっ殺したいほど惚れているから、あの男にだけは見せたくない……。

力弥の気持が、痛いほどに伝わってきた。

理屈ではないのだ。

理屈では説明できない、この想い……。

だが、力弥は辛そうに目を上げ、ふふっと力のない笑いを返した。

「結句、今日までずるずると来ちゃったけど、四、五日前から、腫瘍が皮膚を突き破って、表に出て来てね。ぱくりと石榴《ざくろ》のように口を開けて……。晒木綿《さらし》を当てているんだけど、日に何度も取り替えてさ。一昨日《おととい》、思い切って両国《りょうごく》の医者に診せに行ったんだけど、もう手の施しようがないと言われただけ……。乳房を切り取る外科施術《げかしじゅつ》をしたところで、もう手遅れだって……」

「小石川養生所《こいしかわようじょうしょ》には行ってみたか？　あそこなら、腕の立つ医師がいるはずだ」

「ううん。もう、いいの。あたしさ、もう永くないって、はっきりと解るの。随分と瘦せちゃったでしょう？　実を言うと、貧血が激しくてさ。立ち眩《くら》みなんて生易《なまやさ》しいものじゃなく、立ち上がれないことも、しょっちゅう……。それでさ、年を越すと、もっと無様な姿になり、荒川に隠そうにも隠せなくなるだろ？　だから、荒川にもおとよにも判らないように、そっと身を隠そうと思ってさ。本当は、誰にも内緒で、そっと身を退《ひ》くつもりだった……。けど、こんなあたしにも、どこか弱いところがあるんだね。誰か一人、一人でいいから、本当のことを知っていてほしい……、そう思ってさ。だから、荒川からおまえさんにあたしを探ってほしいと頼んだと聞いて、まんざら神さまも捨てたもんじゃないなと思ってさ。それで、おまえさんが訪ねて来てくれるのを待っていたんだ。もう、これで思い残すことはない……。あたしね、今まで幸せだった。子供の頃から芸事が好きでね。芸妓《げいぎ》になったのも、自分の意思……。花形芸者にもなれたし、悔《く》いはないの。そして、何より幸せだったのは、荒川に逢えたこと……。荒川に惚れて惚れて、惚れぬいて、今日までどんだけ幸せだったか……。だから、これからは、幸せな想い出を胸に抱き、たった独り、お迎えが来る日を待つつもり……。ううん、大丈夫よ。決して、自殺しようなんて思わないから……。ちゃんと寿命を全《まっと》うして、果てていくつもりなんだ……。だから、後生一生のお願いだ。今日、あたしから聞いたことを誰にも言わないと約束しておくれ！」

「だが、姿を消すといっても、一体、どこに……」

「それは、おまえさんにも内緒だよ。誰にも内緒で、そっと、ここを出て行くからさ。荒川から何か訊かれたら、力弥は一献をやるのも、おまえさんの世話をするのも、何もかもが大儀になったそうだ、後は膝枕《ひざまくら》に頬杖《ほおづえ》で生きていくと言ってたぜ、とでも伝えておくれ。見世の権利はおとよに譲る。今までこつこつと溜めてきた金も置いていくから、お千代ちやんにはこれから先も充分なことをしてやっておくれとね……」

「俺は、俺は、おまえに一体何を言えば……」

「何も言わなくてもいいのさ。黙って聞いてくれただけで、それでいい。有難うよ。これはあたしの気持だ。受け取っておくれ」

力弥はそう言うと、胸の間《あわい》に忍ばせた、小判を一枚取り出した。

どうやら、夢之丞が来たと聞いて、用意していたらしい。

が、夢之丞は飯台《はんだい》に置かれた一両を、つと押し返した。

「莫迦なことをするもんじゃない！　俺は今日は出入師として来たんじゃない。おまえの友人として来たんだからよ！」

あっと、力弥は夢之丞を見た。

「そうだったよね。ご免よ。今日は、あたしもおまえさんを友として迎えたんだった……。ううん、友じゃない。おまえさんはあたしの神さまだ。だって、この世でただ一人、あたしの秘密を聞いてくれた男《ひと》だもの……」

「なあ、力弥。考え直さないか？　荒川に何もかもを話そう！　仮に、おまえがもう永くないとしてもだ、荒川に話して、あいつの胸に抱かれて……」

「そうすれば、お千代ちゃんはどうなると思う？　おとっつァんやおっかさんばかりか、あたしの死までを目の当《ま》たりにしなくちゃなんないんだよ。それより、気紛《きまぐ》れな婆さんが調子のよいことを言ってたけど、なんだい、ふいに姿を消しちゃってさ……、なんて思ってくれたほうが、あの娘のためにはどれだけいいか……。そうすれば、荒川もいつかは諦《あきら》め、お千代ちゃんのためにも、おとよと所帯を持とうと思うだろうからさ」

「力弥、おまえ、そこまで考えているのか……」

「一時は、若いおとよに修羅《しゅら》の焔《ほのお》を燃やしたこともあったけど、今考えてみれば、荒川はおとよと所帯を持つべく宿命《さだめ》にあるんだよ。おとよも荒川を決して嫌いじゃない。ううん、寧ろ、惚れているといったほうがいいだろうね。あたしはおとよのその心に気づいたから、余計こそ、肝精を焼いちまった……。お千代ちゃんだって、あたしみたいな婆《ばば》あじゃなく、若いおとよがおっかさんになるほうがいいに決まっている。だから、これで全てが丸く治まるんだよ」

どうやら、力弥の決意は揺るがないようである。

「さあさ、話は済んだ。お千代ちゃんたちが帰って来るから、とっとと帰ってくんな！」

力弥は態と伝法《でんぽう》に言うと、席を立った。

「仕方がない。では、帰るとするが、それでいつだ？　いつ、ここを出るつもりなのだ。年が明けるまではいるよな？」

「さあ、いつにしようかしら？　けど、それはおまえさんには関係のないこと。今日話したことは、たった今、この場で忘れておくれ！」

力弥が茶目っ気たっぷりに、片目を瞑《つぶ》って見せる。

そこには寂然《じゃくぜん》とした感など、どこにもない。

なんだか、はぐらかされたような想いに、夢之丞は茫然《ぼうぜん》としたまま、一献を出た。

まさか、ちょうらかされたのではあるまいな……。

ふと、そんな想いが脳裡《のうり》を過ぎったが、夢之丞は、いやいや、と頭を振ると、黒江町《くろえちょう》に向かって大股《おおまた》に歩いて行った。

暫く歩くと、目の前に、ふわふわとした白い綿のようなものを捉《とら》えた。

翔《と》ぶでもなく、舞うでもなく、宙に浮いている。

雪か……。

そう思い、目を凝《こ》らすと、なんと綿蟲《わたむし》である。

これが舞うと雪が降るという言い伝えから、雪蟲《ゆきむし》とも雪螢《ゆきほたる》とも呼ばれるが、なんと儚《はかな》げで、得体の知れない蟲であろうか。

雪螢に出会すとは……。

力弥からあんなことを打ち明けられた後だけに、夢之丞はなんだか幽明《ゆうめい》の境《きょう》を彷徨っているかのような、不思議な感覚を覚えた。

ゆっくりと、雪螢を追いかけるようにして歩く。

すると、雪螢に力弥の儚げな姿が重なったように思えた。

翌日は雪もよいながらも、雪は降らなかった。

が、一日中どんよりと曇り、身を切り裂くような寒さである。

夢之丞は久方ぶりに入った出入師の仕事を終え、海辺橋《うみべばし》を渡ったところで、少し迷った。

このまま真っ直《す》ぐ裏店に戻って、真沙女に小づりを渡すべきだということは、重々解っている。

だが、糟喰《かすくらい》（酒飲み）というものは、どうしてこうも意地汚いのであろうか……。

高々二朱ほどの細金を渡したところで、真沙女は悦ばないのではなかろうか……。そんな都合のよい理屈をつけて迷いに迷っていると、なんということはない、気づくと、相変わらず、ほおずきへと脚が向いていた。

「随分とお疲れのようね」

おりゅうが酒を運んで来ると、耳許で囁いた。

「ああ。しょうもない仕事に関わっちまってよ。まっ、全くないよりはましなんだが……」

夢之丞は大仰《おおぎょう》に、ふうと太息《ふといき》を吐いた。

全く、思い出しても、溜息が出る。

依頼というのは、妾宅に置き忘れて来た財布を、取り返して来てほしいというものだった。

頼んだ男は五十路《いそじ》もつれで、東仲町《ひがしなかちょう》で小間物屋を営んでいるというが、いい歳をした男が、それくらいなら自分で行けばよいのにと思うが、これがいけない。

聞くと、置き忘れたのではなく、酔った勢いで、おまえに全部くれてやる、と太っ腹《ぱら》なところを見せようとして、財布ごと置いて来たというのである。

が、酔いが醒《さ》めてみると、とっけもない。

財布の中には、集金したばかりの十両の大金が入っていた。

いくら気前がよいといっても、妾にぽいと十両の金をくれてやる、お大尽はそうそういるものではない。

だが、男が一旦くれてやると言った金を取り返すなど、余程、面《つら》の皮が厚くないと出来ない芸当である。

そこで、夢之丞の出番となった。

小間物屋はやると言ったような言わないような、仮に言ったとすれば、それは酒がさせたこと……。済まないが、これで勘弁してくれと女に一両だけ渡して、残りの九両を返してもらってくれと言った。

夢之丞は小間物屋の言葉を、そっくりそのまま女に伝えた。

ところが、女ごというものは腹が据わったというか、思い出すだに、空恐ろしい。

「糞《くそ》が呆《あき》れて、ものも言えない！　あの吝《しわ》ん坊が十両もくれるとは洒落《しやれ》がけたことをと思っていたが、とんだすかたんだ！　はい、九両。で、この一両はあたしにくれたんだね？　そうかい、貰ったからには、あたしのもの……。そこで今度は、あたしからおまえに頼みがある。この一両はあたしからあの男への手切金だ。今後一切《いつさい》、あの男とは関わりなし！

女心と秋の空ってね。あたしゃ、吝ん坊にいつまでも付き合ってるほど暇じゃないと伝えておくれ！　高々一両ぽっちで、旦那面《だんなづら》をされたんじゃ、おたまりもないからさ！　はい、おさらばえ！」

女は湯文字の上から長襦袢《ながじゅばん》を引っかけただけの恰好で戸口に出て来るや、木で鼻を括《くく》ったようにそう言い、財布ごと土間に投げつけ、ぴしゃりと障子を閉めた。

夢之丞はつくづくと出入師という生業《なりわい》に嫌気がさした。

何が哀しくて、こんなしょうもない仕事を引き受けなければならないのだ……。

そう思うと、酒を飲まずにはやっていられないような気になり、久々に入った小づりというのに、つと過ぎった真沙女の顔を振り払い、おりゅうのほうを選んだのだった。

「でも、仕事は仕事ですからね」

おりゅうがまるで夢之丞の腹を読んだかのように、ぴしゃりと制した。

そうして、徳利を一本空けた頃であろうか。

荒川が血相を変えて、ほおずきに飛び込んで来た。

「おう、やっぱり、ここにいたのか！」

「どうした、荒川。まっ、坐れよ。おぬし、息が上がっておるではないか」

「坐れだと？　よくも、そんな呑気《のんき》なことが言えるな！　おぬし、昨日、力弥に逢っただろうが！　なんて言っていた？　力弥はおぬしに何を打ち明けた！」

「何をって……。別に、世間話をして、おぬしの気持を伝えただけだ」

「なんてと言われても……。だから、一体、どうしたというのだ」

「それで、力弥はなんて？」

「力弥が姿を消したのだ！」

あっ……。

夢之丞の胸がドッと激しい音を立てた。

「書き置きらしきものは、何もない。ただ、二階の文机《ふづくえ》の上に、見世の権利書と五十両近くの金が置いてあり、走り書きに、おとよに全てを託すので、荒川さまとお千代を頼む、とあっただけだ。金や権利書ばかりか、芸者時代の着物や帯、櫛簪《くしかんざし》まで、全て置いてあってよ……。おとよの話では、着替えが二、三枚消えているだけだという。これはもう、二度と帰って来ないつもりなのか……。まさか、あの女に限って、自裁《じさい》ということはないと思うが……。それで、力弥に何か変わったところはなかったかとおとよを問い詰めたところ、おぬしが昨日一献に来て、力弥と話したというではないか……。すると、おぬしなら何か知っているのではないかと思ってよ。なっ、力弥に何か変わったことはなかったか？力弥はおぬしに何を話した？」

荒川は目をぎらぎらと脂ぎらせ、興奮のためか、日頃は女ごのように白い頬に、血の色を浮かべている。

「済まない。実は、昨日、力弥から見世を出る決意を聞いたのだがよ。理由は……解らん。理由らしきことは言わなかったが、なんだか見世を続けるのも、おぬしの世話をするのも、もう疲れたとか言っていた」

「疲れた……。そんな莫迦な！　では、お千代はどうなる」

「それも引っくるめて、疲れたのだろう。後は、若いおとよに全てを託すとも言ってい
た」

「おとよに託すだって！　そんな……。では、もう、俺に惚れていないということなの
か！」

まさか……。

力弥はおぬしに惚れて惚れて、惚れぬいているさ。だから、惚れたおぬしに醜くなった
姿を見せたくないと思い、姿を消したのだ……。

そう言えたら、どんなに楽であろうか。

が、夢之丞はぐっと堪《こら》えると、女心と秋の空、女ごは解らん、と呟いた。

その瞬間、土間に財布を叩きつけた、女の顔が甦った。

あの女ごの言葉が、まさか、ここで口を衝いて出てくるとは……。

「嘘だ！　俺は信じない。力弥はそんな女ごではない。おぬし、力弥からそんな話を聞い
て、何故、引き留めてくれなかった！　何故、ひと言、俺に知らせてくれなかった！」

「引き留めたさ。だが、力弥の決意は固くて、決して、おぬしに言わないでくれと口止め
をされたのだ」

「口止めされたって！　おぬしと俺の友情なんて、そんな紙切れのようなものだったの

か！　許さん！　俺は断じておぬしを許さんからな」

「済まない。荒川、この通りだ。許してくれ。正直に言って、俺にはまだ解らないのだ。力弥との約束を守るべきか、それとも、おぬしに知らせたほうがよかったのか……」

夢之丞は小上がりの床に頭を擦りつけるようにして、平謝りに謝った。

「もうよい！　今後、おぬしとは絶交だ」

荒川は吐き捨てるように言うと、むくりと立ち上がった。

「おい、待てよ。どこに行こうというのだ！」

「当たり前だ。力弥を捜すのよ！」

「捜すって……、当ては……」

「あるもんか！　だが、江戸中、駆けずり回ってでも、力弥を捜し出してみせる」

荒川はそう言うと、草履《ぞうり》を履くのももどかしげに、表に飛び出して行った。

おりゅうが寄って来る。

「夢之丞さま……」

おりゅうが小上がりに腰をかけ、夢之丞を瞠める。

夢之丞は居たたまれない想いに、天井を見上げた。

夫婦《めおと》として一緒に暮らそうではないかと荒川が言い出してさ。そりゃあ、嬉しかったよ……。涙が出るほど、嬉しかった。

荒川が好きだから、ぶっ殺したいほど惚れているから、あの男《ひと》にだけは見せたくない！

惚れて惚れて、惚れぬいて、今日までどんだけ幸せだったか……。だから、これからは、幸せな想い出を胸に抱き、たった独り、お迎えが来る日を待つつもり……。

そう言ったときの力弥は、なんと凛《りん》として、美しく見えたことだろう。

力弥、これで良かったんだよな？

有難うよ！

力弥がそっと耳許で囁いたように思えた。

その刹那《せつな》、夢之丞の頬を、熱いものがつっと伝い下りた。

損な役目をさせちまったね。堪忍《かんにん》して下さいな……。

またもや、力弥の声である。

ウッウウッウウ……。

夢之丞が肩を顫わせる。

すると、おりゅうがそっと背後から夢之丞の身体に腕を廻してきた。

「いいのよ、泣いて……」

おりゅうの手の温かさに、再び、夢之丞の目に涙が溢れた。

あっ……。

夢之丞は息を呑んだ。

その弾《はず》みで、また、溢れた涙がどっと頬を伝い落ちる。

涙でぼやけた目の先に、ふわりと宙に浮く、雪螢を見たように思ったのである。

第二話　冴ゆる夜

夢之丞《ゆめのじょう》が初稽古《はつげいこ》に行こうとして裏店《うらだな》を出ると、路次口《ろじぐち》におぶんが佇《たたず》んでいるのが目に入った。

おぶんは正月らしく薄桃色地の振袖《ふりそで》を纏《まと》い、つぶし島田に結った髷《まげ》には、びらびら簪《かんざし》をつけている。

が、その顔は目出度《めでた》さとは程遠く、怒り心頭《しんとう》に発したとばかりに柳眉《りゅうび》を逆立《さかだ》て、これぞまさに仁王立ち……。

しかも、女だてらに両脚《りょうあし》を広げて、腕まで組んでいる。

おぶんは夢之丞を睨《にら》みつけると、裾回《すそまわ》しをハタハタと翻《ひるがえ》しながら大股《おおまた》に寄って来た。

「ちょいと、夢之丞さん！」

「おう、おぶんか。正月早々、えらいことお冠《かんむり》のようだが、どうしてェ……。一年の計は元旦にあり。まっ、もう元旦は過ぎちまったが、正月早々、そうぷりぷりしてたんじゃ、今年一年、そうして頬《ほお》を膨《ふく》らませてなきゃなんねえぜ！」

「まっ！」

おぶんは夢之丞のちょうらかしにますます逆上したようで、ぷっと河豚《ふぐ》のように頬を膨らませた。

「ほれほれ、その顔。その顔のことを言っているんだよ！　それより、おめでとうのひと言でも言ってはどうだ？」

「何がお目出度いんだよ！」

「正月だ。目出度いに決まっているだろうが。おぶんも俺も、また一つ歳《とし》を取った。息災にここまで生きてこられたのだから、目出度きこと、このうえなし！　それに、おまえ、縁談が決まったというではないか。ほれごらん、またもや目出度きことが重なったではないか」

「てんごう言うのも大概《たいがい》にしてくんな！　やっぱり、そんな万八《まんぱち》を言いふらして歩いているのは、夢之丞さんなんだね？　何さ、見て来たような嘘をあちこちに言いふらしてさ！」

「おい待てよ。万八って、なんのことだよ！　俺が何をあちこちに言いふらして歩いてるってんでェ。一体、何を言ってるんだか……」

「あたしの縁談が決まっただの、八名川町《やながわちょう》の煎餅屋《せんべいや》の次男を婿に取るだのと、鉄《てつ》の豆狸《まめだぬき》に喋《しゃべ》っただろ！」

おぶんが満面朱を濺《そそ》ぎ、また、じろりと睨《ね》めつける。

成程《なるほど》、それで平仄《ひょうそく》が合った。

確かに、夢之丞は鉄平《てっぺい》に、どうやらおぶんの婿が決まったらしい、と言うには言った。

が、言ったのは鉄平にだけで、それがどこで、あちこちに言いふらすに変わってしまったのであろうか……。

「待ちなよ、おぶん。確かに、俺はおぶんの縁談が纏まったらしいと鉄平に言った。だが、言ったのは鉄平にだけだし、目出度いことなのだから、よいではないか。それを、万八だの、あちこちに言いふらしただのと言われたのでは、俺のほうが心外《しんがい》だ」

「何言ってんだよ。鉄の猪牙助《ちょきすけ》（おっちょこちょい）があちこちに言いふらしてるんだから、夢之丞さんが言いふらしてるのも同然なんだよ！　だって、そうだろ？　あの口から先に生まれたような鉄が、黙ってるわけがないじゃないか！　それを知っていて、あの藤《とう》四郎《しろう》に喋っちまったんだから、夢之丞さんが言いふらしたのも同然なんだよ！　それにさ、言っておきますが、誰があんな豆腐のような身体《からだ》をした、若気男《にやけおとこ》を婿にしようか！」

「なんだ、違うのか……。だが、おりつさんの亭主が淡路《あわじ》という料理屋からおまえと徳兵衛《とくべえ》さんが出て来るところに出会《でくわ》したと言ってたぜ。なんでも、半襟屋《はんえりや》の大旦那夫婦と一緒だったというではないか。それによ、おきんさんの亭主も普請場《ふしんば》でおぶんの婿に入るのは、煎餅屋の次男だと聞いて来てよ。誰だって、これはもう、決まった話だと思うだろうが

……」

「だから、それを置いて来坊《きぼう》だというんだ！　大体、考えてもごらんよ。あたしが夢之丞さんに黙って、他の男との縁談を受けると思うかい？　そりゃさ、淡路には行きましたよ。けどさ、あたしもおとっつァんも見合いだなんて露ほども思っちゃいなかったんだ。えり半の大旦那におっかさんと親しくしていた女《おな》ごに逢《あ》わせるからと言われてさ。それで行っ

たんだ。確かに、煎餅屋の次男について来た婆《ばあ》さんは、おっかさんが相生町《あいおいちょう》に移って、料理屋の仲居をしていた頃の同僚だった。おっかさん、おとっつァんのために身を退《ひ》こうと姿を晦《くら》ましたけど、結句、おとっつァんのことが忘れられなかったんだね。だから、仲居をしながらも暇さえあれば、おとっつァんやあたしのことを話題にしていたそうでさ……。あたし、その婆さんの話を聞きながら、七夕《たなばた》の晩、あたしを勝太郎《かったろう》さんやごろん坊たちの手から救い出してくれた、あの幻の女性を思い出してさ。現在《いま》でも、目を閉じると、あの女《ひと》の顔がはっきりと浮かび上がってくるの。あたし、おとっつァんからおっかさんとの間にあったことを何もかも聞かされて、改めて、あのときの女性はあたしのおっかさん、お甲《こう》という女《ひと》だったと確信したの。でも、お甲さんはとっくの昔に死んでいる。だから、そんなわけがないと思うだろ？　けど、あれは絶対、おっかさんだった……。おっかさんがあたしを助けるためにあの世から出て来て、そして、あたしの胸の中にしっかと根を下ろしてくれた……。あたしはそう信じてるんだ。おとっつァんもきっと同じ想《おも》いだったと思うよ。相生町時代のおっかさんの話を聞きながら、おとっつァん、涙を零《こぼ》していたもの……。だから、その婆さんに逢えたのは良かったの。ところがよ、現在《いま》、その婆さんが奉公に上がっているのが、八名川町の煎餅屋だというじゃないか。それで、おっかさんの話はいつの間にか立ち消えとなり、後から来た、憲次郎《けんじろう》とかいう女ごの腐ったような男に引き合わされてさ。騙《だま》された、これは見合いなんだと気づいたときには、後の祭……。えり半の大旦那が大層なご機嫌で、さんざっぱら仲人口《なこうどぐち》を叩いていたが、あたしもおとっつァんも、石の地蔵さんを決め込んじゃってさ。向腹《むかばら》が立ったらありゃしない！　勿論、断りましたよ。ヘン、誰があんな男と！　えり半もえり半だ。七十六組目の仲人をしたけりゃ、誰か他を当たっとくれってのよ！」

おぶんは出ふらぶふら（くだくだ）と毒づくと、それで気が済んだのか、取ってつけたような笑《え》みを見せた。

「ああ、言うだけ言うと、さっぱりした！　へへっ、だからさ、今年もまた宜《よろ》しくね！　あら、大丈夫よ。そんなにおっかなそうな顔をしなくても……。あたしさァ、夢之丞さんのことが大好きだけど、おとっつァんやおっかさんの恋路を知った後では、あたしの夢之丞さんへの想いは、ただの憧《あこが》れだったのじゃないかという気がしてきてさ……。あたしにはまだ身を焦《こ》がすような相手、その男《ひと》のためになら生命《いのち》を投げ出しても惜《お》しくない、そんな相手が出て来ていない……。そう思ってさ。だから、夢之丞さん、自由にしてあげる。今までみたいに付きまとわないからさ、ほおずきの女将《おかみ》さんが好きなら好きで、さっさと口説《くど》いちゃいなさいよ！　なんなら、あたしがひと肌脱いでもいいよ」

「何を莫迦《ばか》なことを言っている！　それこそ、いらぬおせせの蒲焼《かばやき》ってものだろうが」

「ああ、そうかい、そうかい。それで、どこに行こうってのさ」

「俺か？　決まっている。今日は道場の稽古始めでよ。ここで油を売っている暇はないんだよ。おぶんこそ、やけにめかし込んじまって、どこかに行くのか？」

「あたし？　お美津《みつ》ちゃんちの歌留多会《かるたかい》に行くんだよ。けど、夢之丞さんに誤解されたままじゃ業《ごう》が煮えて仕方がないから、今日こそ、とっちめてやろうと思って、ここで待ってたんだ」

「そうか。それで、言うだけ言って、溜飲《りゅういん》を下げたというのだな。そいつァ良かった。せっかく歌留多会に行くってェのに、いつまでも河豚のように膨れ面《つら》をしてたんじゃ、一張《いっちょう》羅《ら》が台なしだもんな。どれ、行こうか」

そう言うと、夢之丞は河岸道《かしみち》に向かって歩き始めた。

「お美津ちゃんといえば、確か、黒江町《くろえちょう》の奈良屋《ならや》の娘で、勝太郎の妹だったよな？ その後、奴《やつ》は大人しくしているか」

「あら、知らなかったの？ 七夕の夜、勝太郎さんとおそよちゃんが月ヶ瀬《つきがせ》にしけ込んだのが暴露《ばれ》ちゃったでしょう？ おそよちゃんのおとっつァんがカンカンになって奈良屋に怒鳴り込んでさ。嫁入り前の娘を疵《きず》ものにされたと騒ぐもんだから、奈良屋じゃ慌てておそよちゃんを勝太郎さんの嫁に迎えてさ。ふふっ、ああいうのを年貢の収めどきっていうのね。現在《いま》じゃ、完全に、おそよちゃんに首根っこを押さえられててさ。あの遊び人だった勝太郎さんが、人が変わったみたいに商いに励んでいるそうよ。それにさ、おそよちゃん、桜が咲く頃にはおっかさんになるんだよ！ 今まであたしと連《つる》んで遊び歩いていたのが嘘みたいに、現在《いま》じゃ、すっかり若奥さま気取り……。人って、変わるもんなんだね」

「そうかい。あの漁色家《ぎょしょくか》で通った勝太郎がね。どうでェ、おぶん、羨《うらや》ましいか？」

「羨ましくなんかあるもんか！ だって、あたしはまだ十九だよ。まだまだ、おっかさんになんてなりたくない！」

「だが、おまえの話では、おそよは先《せん》から勝太郎に惚《ほ》れていたというではないか。惚れた男と所帯が持て、その男の子が産めるのだ。これほど幸せなことはないだろうに」

「そうか……。そういう意味では、おそよちゃんは幸せなんだろうな。けど、あたしには相手のためにならら何もかもを投げ出しても構わないという男《ひと》がまだ現われていない……。ううん、ちょっと待ってよ。そう言えば、つい最近まで、あたし、夢之丞さんのためになら何もかもを投げ出しても構わないと思っていたんだっけ……。と言うことは、やっぱ、あたしの運命の男《ひと》は、夢之丞さん！　さっき、これからは付きまとうのを止《や》めるって言ったけど、あれ、止めるわ！」

夢之丞があっとおぶんを見る。

「なんて慌てようだい！　だから、可愛《かわい》いんだよ、夢さんは！」

おぶんはくっくと肩を揺らすと、上目遣《づか》いに夢之丞を見た。

なんてこったい！

いい歳をした男が、こんな小娘にちょっ、、、くら返されるとは……。

夢之丞は憮然《ぶぜん》とした顔をして、仙台堀《せんだいぼり》を左へと折れた。

黒江町に行くおぶんに海辺橋《うみべばし》で辻駕籠《つじかご》を拾ってやると、夢之丞は橋を渡った。

正月も二日、この日は初荷とあってか、大店《おおだな》はどこも活気を見せ、通りには供を引き連れた年礼の人々が行き交い、どこかしこに万歳《まんざい》や鳥追《とりおい》、角兵衛獅子《かくべえじし》といった門付《かどづけ》の姿が見られた。

すぐ目の先を、大店の娘か、丁度年恰好《としかっこう》がおぶんと同じくらいの娘が三人、各々《おのおの》供を引き連れ、これも何かの事始めにでも行くのか、愉《たの》しそうに口っ叩《たた》きしながら歩いて行く。

その中の一人が纏った振袖が、おぶんと同じ薄桃色地の裾模様《すそもよう》……。

だらり結びに締《し》めた帯までが、錦糸《きんし》刺繍の施《ほどこ》された西陣《にしじん》である。

夢之丞はあっと目を瞬《しばた》き、すぐに、いやいやと首を振った。

たった今、海辺橋でおぶんを辻駕籠に乗せたばかりである。

振袖の地色が同じというだけで見間違えてしまうとは、やはり、おぶんの放ったひょうらかしが気にかかっているのであろうか……。

あいつ、ちっとも変わっちゃいない！

夢之丞は口の中でぶつくさぼやいてみたが、いや、おぶんも少しだけ大人になったのだ、とすぐに思い直した。

これまでのおぶんなら、好きだ好きだと夢之丞に付きまとい、思い通りにならないといっては、ぶんむくれて見せた。

つまり、真摯《しんし》であっただけにそれだけに解《わか》りやすく、また幼稚とも純粋ともいえた。

それがいつの間にか、相手の立場に立って物事を考えるようになり、ひょうらかしたりはぐらかしたり、そうやって、自分の心に折り合いをつけることまで身に着けている。

やはり、おぶんをそこまで導いたのは、母お甲のお陰であろうか……。

物心がついた頃から祖母の手で育てられ、自分には母はいないと思っていたおぶんだけに、父徳兵衛とお甲の愛別離苦《あいべつりく》の真相を知らされ、どれだけ衝撃を受けたことであろうか。

姑《しゅうとめ》と反りの合わなかった、其者《それしゃ》上がりのお甲……。

結句、気鬱《きうつ》の病に陥ったお甲は奥川町《おくかわちょう》の仕舞《しも》た屋で療養に入ったが、徳兵衛やおぶんの行く末を想い、居たたまれなかったのであろう。

ある日、お甲は徳兵衛に内緒で身を隠すと、夫や娘の幸せだけを願い、相生町の裏店でひっそりと亡くなったという。

徳兵衛は最期《さいご》までお甲に従った、おふくというお端女《はした》からお甲の胸の内を聞き、感涙《かんるい》に噎《むせ》んだ。

「奥さまは旦那さまのことを心底愛《いと》しく思っておいででした。姑がいる限り、再び冬木町《ふゆきちょう》に戻ったとしても、甘《うま》くいくわけがない。またもや、自分と姑がぶつかり合うのは、目に見えている。そうなれば、間に入って心気を凝らすのは、旦那さまだ。これ以上、旦那さまを苦しめてはならない。何も、添い遂げるだけが、夫婦《めおと》の愛じゃない。相手を想えばこそ、身を退かなければならないこともある……」

お甲はおふくにそう言ったという。

そして、おふくは続けた。

「あたしね、今になって思うんですけど、奥さまはご自分の宿命《さだめ》が解っていらっしたのではないかと……。というのも、奥さまは日頃から今後自分に何があろうと、冬木町に知らせることだけはしないでおくれ、とあたしに諄《くど》いほど言われていたのです……」

「でもね、奥さまは口癖のように、おぶんは元気だろうか、奥川町を出たときが五歳だったから、今頃は六歳になっているかしら、と言ってみたり、世間では六歳の六月から稽古《けいこ》事《ごと》を始めるというけど、あの娘《こ》、何か習い事をしてるのだろうか……、とそれはもう、愛しそうに目を細めていらっしゃいました。旦那さまのことは心の中で整理がついておいでのようでしたが、恐らく、お嬢さまのことはいつまでも心残りだったのではないでしょうか……」

おふくは徳兵衛の前でそう語ったのである。

徳兵衛はおふくの話を聞きながら、強《したた》かに頭を打たれたように思った。

そこまで、お甲が自分やおぶんのことを想っていてくれたとは……。

徳兵衛はお甲が姿を消した理由《わけ》を知り、今までおぶんに母親のことを何ひとつ話していなかったことに忸怩《じくじ》とした。

「何しろ、お甲は書き置きのひとつも置かずに姿を消しちまいましたでしょう? 疑いたくはないが、仮に、お甲に他の男が出来たのだとしたら、おぶんになんて話してやったらよいのか……。それで、今まで母親のことは一切《いっさい》口にしないで参りましたが、おぶんは賢《さと》い娘です。あたしが母親のことを何も言わないだけに、子供心にも訊《き》いてはならないことと悟ったのでしょう。あの娘《こ》は今日まで母親のハの字も口にしないで参りました。だが、先生から全《すべ》てを洗いざらい話せと勧《すす》められたことでもありますし、お甲の想いを知った現在《いま》なら、あたしも胸を張って、あの娘《こ》に母のことを話してやれます。おっかさんはこれほどまでに、おまえやおとっつァんのことを愛してくれていたんだよって……」

徳兵衛は夢之丞から何もかも洗いざらいおぶんに話せと言われたとき、そう答えた。

そうして、おぶん……。

おぶんはやはり賢い娘であった。

冷静に徳兵衛の話に耳を傾け、恨み言のひとつも言わなかったのである。

それればかりか、七夕の晩、月ヶ瀬から救い出し、奥川町の仕舞た屋に自分を匿《かくま》ってくれたのは、亡くなった母、お甲の化身《けしん》に違いないとまで言い切った。

「やっぱり、おっかさんがあたしを助けてくれたのね。生きていてくれたらもっと嬉《うれ》しいけど、逢いに来てくれたんだもの、おっかさんの顔は決して忘れない。ううん、これからもずっとあたしの傍《そば》にいてくれるのよ……」

おぶんはそう言い、亡くなったお甲が、七夕の晩、この世に舞い戻り、間一髪のところで、助けてくれたのだと信じて疑わなかった。

この世には理屈では計れない、摩訶不思議《まかふしぎ》なことがあるという。

次第に、おぶんばかりか夢之丞やおりゅうまでが、そんな気になってきたから不思議である。

結構ではないか。ときには、その中に、真実が見えることもあるからよ……。

夢幻《ゆめまぼろし》……。

あのとき、夢之丞はそう思ったのだが、おぶんが変わったのもその頃からであろうか……。

相変わらず、じゃじゃ馬ぶりを発揮し、態《わざ》と伝法《でんぽう》な口調をしてみせるが、徳兵衛や賄《まかな》いの婆さんを見る目に優しさが加わり、ときには、いそいそと路次口を掃いてみたりもするのである。

何より、稽古事に身が入っているようで、此《こ》の中《じゅう》、以前のように夢之丞にまとわり付かなくなっている。

夢之丞にしてみれば、嬉しいような、寂《さみ》しいような……。

だが、それだけ、おぶんは大人になったということで、これほど悦《よろこ》ばしいことはないのである。

そんなことを考えていると、小名木川《おなぎがわ》に差しかかっていた。

高橋《たかばし》を渡ると、目と鼻の先に御徒組《おかちぐみ》の組屋敷が見える。

ふっと、古澤求馬《ふるさわもとめ》はどうしているのだろうかと思った。

以前はあれほど足繁《あししげ》く通った古澤の組屋敷だが、このところ、脚が遠のいている。

というのも、三月《みつき》ほど前、求馬が妻帯したのである。

相手は同じく御徒組四十俵一人扶持《ぶち》の下士階級の娘で、古澤とは家格も釣り合っていれば、辰乃《たつの》というこの妻女、どことなく、求馬の母美乃里《みのり》に似ている。

といっても、姿形《すがたかたち》が似ているというのではなく、身体全体から醸《かも》し出す、ふわりとした雰囲気が似ているのである。

となれば、古澤の家には、仏性《ほとけしょう》のぼっとり者が二人……。

夢之丞から見れば、なんとも羨ましい話であるが、求馬に言わせれば、そうでもないらしい。

「息苦しくて敵《かな》わぬ！　母と辰乃が似ているのはいいのだが、似ているだけに相手の心が解るらしく、俺の世話をしようとして、互いに顔色を窺《うかが》い、どうぞどうぞと譲り合う。俺にしてみれば、どっちが飯を装《よそ》おうが、着替えの手伝いをしようが構わない。ところが、嫁が来たのだから、母上はおっとりと構えていて下さいと言えば、そうですか、では、そう致しましょうと言いながら、母が哀《かな》しそうな顔をするし、辰乃に母上は人のために尽くすのを生き甲斐《がい》となされているのだから、そう何もかも取り上げてはならないと言えば、今度は、辰乃が恨めしげな顔をする。間に入った俺の立場になってみろ。つくづく、嫁など貰《もら》うのではなかったと思うよ」

求馬に逢えば、毎度、この繰言《くりごと》である。

すると、美乃里と辰乃の仲が悪いのかといえば、そうでもないらしい。

求馬がお務めで組屋敷を留守にしている間は、二人の仲は至極円満で、実の母娘《おやこ》のように和気藹々《わきあいあい》としているという。

「嫁姑《よめしゅうとめ》なんて、どこでもそんなものではないか？　お袋さんはおぬしを嫁に盗《と》られたと思い寂しいし、嫁のほうでは、おぬしがいつまでも母離れ出来ないようで、恨めしい。で、お幸《さ》っちゃんはどうだ？」

　夢之丞がそう言うと、求馬は途端に相好《そうごう》を崩した。

「おう、あの娘《こ》がいてくれるので助かるのよ。ぴりぴりと張り詰めた空気が一気に和《なご》む」

「そうかい。それは良かった。これで、あの娘《こ》も古澤に来た甲斐があるというものだ」

　お幸《さち》は求馬の義姉《あね》萌《もえ》の亭主、歌川豊松《うたがわとよまつ》の前妻の娘である。

　理由《わけ》あって、美乃里が引き取り育てているが、どうやら、現在《いま》ではすっかり古澤の家に馴染《なじ》んでいるようである。

　だが、お幸とて、年頃の娘……。

　いつ、嫁に出るやも知れない。

「辰乃が義姉《あね》のようだと、まだしも、やりやすかったのだろうが……」

「おう、萌どのなら、そうよのう……。絵筆や箸《はし》より重いものは持ちません、と家事一切《いっさい》をお袋さんに押しつけるだろうからさ」

　夢之丞がそう茶化すと、求馬は半泣きしたような顔をして、夢之丞を見た。

「だからよ、俺を助けると思って、以前のように、ちょくちょく顔を出してくれないか」

「ああ、そのうちな」

求馬にそう言ったのが、二月前《ふたつき》……。

が、なんとなく、後足《しりあし》を踏む。

求馬に縋《すが》るような目で見られれば見られるほど、ますます行きづらくなってしまうのだった。

美乃里のぼ、っ、と、りとした顔や、ふわりと包み込むような仕種《しぐさ》が、頭を過《よ》ぎった。

ああ……。

もしかすると、俺は理想の母親像、美乃里の偶像が崩れるのを、怖《おそ》れているのかもしれない……。


鴨下《かもした》道場の稽古始めは実にあっさりとしていて、簡素なものである。

道主鴨下弥五郎《やごろう》が新年の挨拶《あいさつ》をした後、弥五郎と師範代の夢之丞が組立稽古《くみたてけいこ》を幾通りか披露し、その後、門弟たちが素振りをして、それでお終《しま》いとなる。

その間、半刻《はんとき》（一時間）ほどで、それから、祝儀の屠蘇《とそ》と雑煮《ぞうに》が振る舞われるのであるが、門弟の狙《ねら》いは、勿論のこと、これであった。

元々、大工や青菜屋、魚屋の倅《せがれ》ばかりなので、正月早々、汗を流したいという者は皆無といってよい。

そんなわけで、他の道場で行う寒稽古《かんげいこ》や土用稽古《どようげいこ》といったものも、道場を開いた最初の一年はやってみたものの、すぐに止めてしまった。

要するに、町人たちが機嫌良く通ってくれれば、それで良し……。

どうやら、弥五郎はそう思っているようである。

北六間堀町《きたろっけんぼりちょう》に道場を出した頃には、弥五郎も門弟の中から誰か一人でも剣士として世に送り出せればと夢見ていたようだが、夢が破れるのも早かった。

夢之丞の見るところ、気のせいか、此の中、弥五郎の腹回りまでが弛《たる》んできたように思う。

「半井《なからい》、後で奥に来るのだろうな？」

夢之丞が雑煮椀《わん》を片づけていると、一旦道場を出た弥五郎が戻って来て、念を押すように言った。

「村雨《むらさめ》道場にも年始の挨拶をと思っていますが……」

親しき仲にも礼儀あり。夢之丞も取り敢《あ》えず遠慮をしてみせる。

「番場町《ばんばちょう》には午後から廻《まわ》ればよいだろう。そうだ、わたしも一緒に行こう。だが、その前に、おぬしと祝い酒を酌《く》み交わさないと、正月とはいえないからよ」

「そうですよ。そうなさいませ。主人は今朝から半井さまと膳《ぜん》を囲むのを愉しみにしていましたのよ」

諸蓋《もろぶた》に雑煮椀や盃《さかずき》を重ねていた弥五郎の妻満枝《みつえ》が、探るような目で夢之丞を窺う。

その目は、どうせ、おまえさまもそのつもりなのでしょう、と語っていた。

無論、夢之丞もそのつもりであった。

ろくに月々の手当も貰えず、正月早々、はいさようならでは、あまりにも悲惨すぎるではないか……。

こうして、時折、満枝の手料理を馳走《ちそう》してもらえるから、不平も言わずに、師範代を続けているのである。

満枝の手料理は、掛け値なしに美味《うま》かった。

何しろ、月並銭《つきなみせん》の代わりに、年中三界《ねんじゅうさんがい》、魚や野菜ばかりか米や調味料まで届けられるのであるから、食材に困ることがない。

真沙女《まさじょ》のように、出汁《だし》や味噌《みそ》を吝嗇《けち》ったがために、顔が映るほどに薄い味噌汁は決して出さないし、魚は常に無塩《ぶえん》で、活《い》きがよい。

弥五郎の後に続いて奥の間に入ると、案の定、お節《せち》は四の重まで用意され、刺身や酢牡《すが》蠣《き》までが飯台《はんだい》の上に並んでいた。

が、酒は八千代《やちよ》である。

「やはり、少し甘いのっ。本当は、下《くだ》り諸白《もろはく》にしたかったのだが、酒だけは、誰も届けてくれぬのでな……」

弥五郎はそう言うと、盃をぐいと空けた。

「となれば、今年は酒屋の倅に入門してもらわねばなりませんな」

「まっ、半井さまったら、また、そんなことを！」

満枝が酌をしながら、幼児にでもするように、めっと夢之丞を目で制す。

「けれども、有難《ありがた》いことですわ。こうして、何もかもが門弟たちから届けられるのですもの。さあ、どうぞ召し上がって下さいな。縁起ものは一通り作ってみましたが、さあ、上《う》手《ま》く出来ましたかどうか……」

満枝に言われ、夢之丞も箸を取る。

黒々とした艶《つや》があり、ふっくらと煮含《にふく》められた黒豆……。

口の中に入れると、とろけそうなほどに柔らかく、甘さ加減にも品がある。

「これは……」

夢之丞が息を呑《の》むと、満枝が不安げに眉根《まゆね》を寄せた。

「いかが致しました？」

「いえ、この黒豆のなんて美味《おい》しいこと……」

「まあ、お口がお上手《じょうず》ですこと。半井さまがそんなお顔をなさるものですから、何か不手際でもあったのかと心配しましたのよ。黒豆なんてどこも変わり映えしないでしょうに……。半井さまのお宅でもお母さまが作られるのでしょう？」

「ええ。作ることは作りますが、とてもこんな具合には……」

咄嗟《とっさ》にそう答えたが、夢之丞は真沙女がお節らしきものを作ったのは一体いつだったっけ……、と首を傾げた。

と言うのも、此の中、お節は深川の料亭梅本《うめもと》から届けられていたのである。両替商の吉富《よしとみ》からの年賀ということであったが、流石《さすが》は深川で平清《ひらせい》と肩を並べる梅本だけあって、色とりどりの絢爛豪華《けんらんごうか》なお節であった。

が、見てくれだけは見事だが、瀬戸内育ちの夢之丞の口には、もうひとつ、しっくりこない。

色目のためか、どれもこれもが薄味で、味全体に乙張《めりは》りがないのである。

「なんだか綺麗《きれい》すぎて、箸をつけるのが勿体《もったい》ないようだのっ」

真沙女も同じ想いなのか、黒豆や田作《ごまめ》といったものには箸をつけたが、あまり食が進まないようだった。

「瀬戸内にいた頃が懐かしいのう……」

真沙女は死んだ子の歳を数えるかのように昔に思いを馳《は》せ、肩息《かたいき》を吐《つ》いたが、かといって、瀬戸内にいた頃、真沙女が厨《くりや》に立ったかといえば、そうでもない。

半井家は当時勘定方組頭《かんじょうがたくみがしら》の家格だったので、当然、若党《わかとう》もいれば、婢《はしため》や下男、下女など、十数名の使用人を抱えていた。

従って、真沙女自らが厨に立つ必要がなかったのである。

では、禄《ろく》を召し上げられ、江戸に出てからはどうかといえば、これが天と地ほどの違いで、否《いや》が応《おう》でも、真沙女がおさんどんをしなければならなくなった。

夢之丞の目から見ても、真沙女はそれなりに、見よう見まねで、我勢《がせい》していたように思う。

が、何しろ、今まで全てを婢に任せていただけに、何をするのにも手間取り、はかばかしくことが進まない。

そんな具合だから、日頃の倹《つま》しい目刺《めざし》に味噌汁といったものならまだしも、黒豆をふっくらと程良い甘さに仕上げるところまでは、とても及ばない。

しわしわになり、嚙《か》むとまだ芯《しん》が残っていそうな黒豆に、箸では剝《は》がれないほどに固まってしまった田作……。

これが、真沙女の正月料理であった。

と言うのも、日常の費《つい》えにも事欠く冬木町の裏店《うらだな》では、お節といってもこれで精一杯……。他にせいぜい雑煮がつく程度で、三の重だの四の重など、とんでもない話であった。

だから、梅本のお節が見てくれだけで、味全体に乙張りがないなど、偉そうなことは決して言えないのである。

が、満枝の作った、このお節……。

これぞまさに、家庭のお節であり、瀬戸内にいた頃の、半井家のお節なのだった。

「宜しいかな?」

夢之丞は意を決すと、声作《こわづくり》して、満枝を見た。

「何か?」

「まことに厚かましいお願いなのですが、お内儀の作られたお節を、是非《ぜひ》にも母に食べさせてやりたく……」

満枝はオホホホッと口に袂《たもと》を当てて、笑った。

「嫌ですわ。何を言い出されるのかと思ったら……。お母さまのお土産《みや》にと、ちゃんとお重を用意してありますのよ。毎年、そうではありませんか」

あっと、夢之丞は狼狽《うろた》えた。

そうだったっけ……。

吉富から梅本のお重が届けられるようになって、どうもわけが解らなくなっている。

「そういうことだ。ささっ、もっと飲め！　実はな、おぬしに懐かしい男に引き合わせようと思ってよ。おっつけ参るであろうが、その前に腹拵《はらごしら》えだ。さっ、飲め。もっと食え」

弥五郎が心ありげに頰を弛《ゆる》めた。

懐かしい男？

はて、俺に懐かしい男なんていただろうか……。

夢之丞がそう思ったときである。

道場のほうから、頼もう！　と声がかかった。

「あら、お見えのようですわ」

満枝がいそいそと廊下を伝い、道場へと廻って行く。

その背を見送り、夢之丞は弥五郎へと目を戻した。

弥五郎が仕こなし顔に、目まじする。

誰だ？

俺に引き合わせたい男とは……。

池田謹也《きんや》は随分と痩《や》せたように思えた。

頬が痩《こ》け、それでなくても落ち窪《くぼ》んだ目が一層抉《えぐ》れたように見え、どこかしら烏天狗《からすてんぐ》を想わせた。

「お久しゅうございます」

夢之丞がそう言うと、池田はうむっと天井を見上げ、

「村雨道場で共に河豚鍋を食って以来だな。半井も息災で何よりだ」

と言った。

「おう、そうよ！　半井は村雨道場でちょくちょく逢っていたのだな。だが、俺など、ここに道場を開いてからというもの、番場町にはたまに顔を出す程度だったので、池田には久しく逢っていない……。それによ。おぬしが薩摩《さつま》藩《はん》に仕官したと聞いたであろう？　このような場末で町人相手に道場を開いている俺とはもう縁がないものと思っていたのだが、よう思い出して訪ねて来てくれたな」

弥五郎が感激したように言い、ささっと酒を勧める。

「なに、家内の実家《さと》が北森下町《きたもりしたちょう》でな。かねてより舅《しゅうと》の見舞にと思っていたのだが、なかなか藩からお許しが出なくてよ。ようやく、正月三が日だけ暇が貰えることになったのだが、突如、おぬしのことを思い出してよ。それで便りを出したのだが、ここで半井に逢えるとは……。だが、考えてみれば、半井は現在鴨下道場に籍を置く身。当然といえば、当然よの」

「で、どうだ？　薩摩藩は。昨今、何やらきな臭い噂《うわさ》が飛び交っているようだが……」

弥五郎がちらと池田を見る。

久方ぶりの再会というのに、こうして、さらりと歯に衣《きぬ》を着せない会話が出来るのは、村雨道場で永年同じ釜《かま》の飯を食い、剣の技を競い合ってきた仲間だからであろうか。

夢之丞など、いつまで経《た》っても、弥五郎は師であり、池田は嘗《かつ》ての村雨道場の師範代……。

仮令《たとえ》、訊きたくてうずうずしていても、こんな具合に単刀直入に懐《ふところ》に飛び込んでいけるはずがない。

「高崎崩れのことか……。世間ではお由羅《ゆら》騒動とか言っているらしいがな」

「では、斉彬《なりあきら》さま派が処罰されたというのは、本当だというのか？」

「ああ。高崎五郎右衛門《ごろうえもん》どの他、五十余名が切腹を命じられた。だが、久光《ひさみつ》さまやお由羅さまの暗殺計画が露見し、未然に防げたのだから良しとしなくては……。仮に、久光さまが暗殺されてみろ、こんなことでは収まらない。悪くすれば、島津家《しまづけ》の存亡に関《かか》わってくるからよ」

「それで、池田、おぬしはどちら派なのだ」

弥五郎が訊ねると、池田はうっと言葉を呑んだ。

そうして、暫《しばら》く掌《てのひら》で盃を弄《もてあそ》んでいたが、徐《や》ら顔を上げると、

「強《し》いて言えば、久光さま派かな。俺は斉興《なりおき》さまの下士として雇われたのだから……。だが、正直に言って、俺は御家騒動などには加担したくない。本来、島津家の世子《せし》は斉彬さまだ。斉彬さまが真っ当に斉興さまの跡目を継《つ》ぐのが筋というもの……。それなのに、如何《いか》なる大御所《おおごしょ》さま（徳川家康《とくがわいえやす》）以来、幕府に脈々と受け継がれてきた習いではないか。それが大御所さまに斉興さまが斉彬さまと反りが合わず久光さまを溺愛《できあい》されているといっても、三男の久光さま擁立《ようりつ》を画策なさるとは……。だが、昨日今日雇われた、下士の端《はし》くれが理不尽《りふじん》だと異を唱《とな》えてみたところで、どうにもならぬ。俺は飽《あ》くまでも斉興さま方に雇われたのだからよ。仕官が叶《かな》って初めて解ったことなのだが、結句、俺が雇われたのは、薩摩藩に一触即発の剣呑《けんのん》な空気が漂い始めたからでよ。現に、一見、高崎、山田、近藤といった面々が処分を受けて騒動に決着がついたかに見えたが、実は、そうではない。未《いま》だに、斉彬さまのお子が次々と夭逝《ようせい》なさるのはお由羅さまの怨念《おんねん》だという噂が、まことしやかに飛び交っている始末でよ。どう考えても、斉彬さま派や精忠隊《せいちゅうたい》がこのまま黙って引き下がるとは思えない……」

池田は掌を握り締め、ぶるるっと身体を顫《ふる》わせた。

ようやく夢之丞は、背中に目があるような、池田のこの研《と》ぎ澄《す》まされた神経がどこから来るものなのか、理解できたように思った。

ふと、紀藤直哉《きとうなおや》のことを想った。

浪人だった紀藤もまた、池田とほぼ同時期に、斉彬派の用心棒として雇い入れられたのである。

「池田さま、紀藤直哉という男をご存知ありませんか？」

夢之丞は思い切って訊ねてみた。

「紀藤？　いや、知らぬが……」

「池田さまと同じ頃、薩摩に仕官した男ですが、この男は元々薩摩藩士です。調所《ずしょ》（広《ひろ》郷《さと》）どのの財政改革の一環、藩士削減により、些細《ささい》な失態がもとで禄《ろく》召し上げとなりましたが、薩摩藩危急存亡の秋《とき》、改めて、駆《か》り出されたのです。無論、奴は斉彬さま派……。精忠隊のお声がかりのようです」

「なに、精忠隊？　すると、西郷吉之助《さいごうきちのすけ》、岩下佐次衛門《いわしたさじえもん》たちの配下か」

「いえ、配下といっても藩籍《はんせき》があるわけではなく、つまり、用心棒のようなものと本人は言っていましたが、何かあれば、奴らが捨て石となるのは必定《ひつじょう》で、わたくしは此度《こたび》の騒動で、紀藤に何かあったのではないかと案じているのですが……」

「その男、使えるのか？」

池田は脇差《わきざし》にちらと目をやった。

「対峙《たいじ》したことはありませんが、一旦、藩籍を失った男が再び用心棒として登用《とうよう》されたのです。ほどほど使えると思います」

「はて……」

池田は顎《あご》に手を当て、何か考えているようだった。

「その男の風貌《ふうぼう》は？」

「大柄な男です。目鼻立ちがはっきりとしていて、弁慶《べんけい》を想わせますが、よく見ると、愛嬌《あいきょう》のある面立で……」

「おう……」

池田は何か思い当たる節でもあるのか、頷《うなず》いた。

「その男なら、一度、対峙しかけたことがある。おう、あの男が紀藤というのか」

あっと、夢之丞は息を呑んだ。

「なに、一度、高輪《たかなわ》の下屋敷でよ、潜《くぐ》り戸を巡って、斉興さま派と斉彬さま派が左右どちらを使用するかで対立し、一触即発の状態に陥ったことがあってよ。丁度、調所さまが失脚したばかりのときとあって、斉興さま派が調所さま失脚は、阿部老中《あべろうじゅう》に取り入った斉彬さまの陰謀《いんぼう》とばかりに神経を尖《とが》らせているときでよ。潜り戸なんてどちらを使おうと構わないところを、右だの左だのと小競《こぜ》り合いとなり、そこに次々と仲間が駆けつけたものだから、刀を抜きかねないほどの事態となってよ。そのとき、斉彬さま派で一等大声で鳴り立てていたのが、その男よ。俺は奴が刀の鯉口《こいぐち》に手をかけたのを見て、正門扉《せいもんとびら》の前に立ちここで内輪もめをしてどうするのだ。しかも、刀を抜いた塞《ふさ》がり、全員を睨めつけた。皆、引け！　ここは下屋敷の正面口。場所柄を考えろ！　俺は全身から気を発し、一人でも刀を抜いたら容赦《ようしゃ》しないとばかりに睨めつけた。すると、それまで興奮していた連中が、位負《くらいま》けしたかのように後退《あとじさ》りを始めてよ。紀藤という男も、結句、刀に手をかけただけで、抜かないまま立ち去った。以来、その男には逢っていないが、此度処罰された高崎崩れの中にはいなかったように思うので、では、まだ精忠隊の配下に……」

池田の話を聞きながら、夢之丞はその男というのは、紀藤に間違いないと思った。

「老中から密貿易の罪を責め立ててもらい、一気に、斉興さま退隠、調所広郷失脚を図りたい。だが、斉興さままで罪に問うたのでは、薩摩藩存続が怪しくなる。そこで、斉興さまの懐刀《ふところがたな》の調所に責任をおっ被《かぶ》せ、まず調所を失脚させる。斉興さまは当然窮地に追い込まれよう。退隠せずにはいられなくなり、斉彬さまが藩主の座に……。とまあ、こんなふうに阿部老中と斉彬さまの間で密約が交わされたというのだ。おっつけ、国許《くにもと》にいる調所の元に、幕府より出仕命令が下るであろう……」

「調所失脚となれば、薩摩は大きく変わるぞ。今、確かに、何かが動いている。それがしにはその雄叫《おたけ》びが、はっきりと聞こえてくるのだ。なっ、半井どの。それがしと運命を共にする覚悟はござらぬか？　と申すのも、あと数人、腕に覚えのある者が必要なのだ。それがしは迷わずおぬしを推挙した」

紀藤が薩摩藩に復帰した直後のことである。

紀藤は夢之丞を説得しようと懸命になった。

無論、他藩の御家騒動などに加担するつもりのない夢之丞は断ったのであるが、すると、

あのとき、紀藤が言っていた、調所失脚は現実のものとなったのだ……。

藩主斉興の下《もと》で藩政を恣《ほしいまま》に操《あやつ》っていた、家老調所広郷の失脚……。

そこで一気に斉興を藩主の座から引き下ろしたかったのであろうが、短兵急《たんぺいきゅう》に事を急いだがために、久光と久光の生母お由羅暗殺計画が事前に洩《も》れ、世に言う、お由羅騒動の勃発《ぼっぱっ》……。

騒動の責を問われて、高崎五郎右衛門ら関係者が切腹となったが、池田が言うように、決して、これで終わりではないのである。

問題は、いつまで経っても、藩主の座を世子に譲ろうとしない斉興にあり、また、四十路《よそじ》を過ぎても一向に藩主となれない斉彬の焦《あせ》りにあった。

だが、阿部老中が斉彬の背後にいるとなれば、薩摩はこのままではいられないであろう。

いずれ、幕府が表舞台に出て、斉興隠居、斉彬が島津家二十八代の当主となるのであろうが、果たして、久光を擁《よう》す斉興派がすんなりと鉾《ほこ》を収めるであろうか……。

となれば、争いの火種はまだ消えてはおらず、紀藤や池田の行く末は雲を摑《つか》むようなものである。

「すると、おぬしと紀藤が対峙するときが来るやもしれぬの」

弥五郎がぽつりと呟《つぶや》いた。

「対峙したくはない。正直に言って、俺は誰も斬《き》りとうはない。だが、俺が薩摩藩に雇われたのは、はっきり言って、斉彬さま派を斬れということ……。俺が根っからの薩摩藩士というのであれば、武士たる者、主人《あるじ》に身を呈することになんら迷いはない。だが、何ゆえ、斉彬さま派を斬らねばならぬ……。そう思うと、斬ることにも斬られることにも、抵抗があってよ。俺が剣の修業をしたのは、こんな理由《わけ》もはっきりしない殺傷をするためではなかったのだ……。済まない。正月早々、こんな繰言を……。おぬしの顔を見ると、つい、本音が口を衝《つ》いてしまってよ」

池田は口惜《くちお》しそうに唇をきっと結び、さあ、飲み直しだ、と引きつったような笑いを見せた。

弥五郎は池田と久し振りに再会したのが余程嬉しかったとみえ、村雨竜道《りゅうどう》に扱《しご》かれた想い出や、切磋琢磨《せっさたくま》して剣の技を磨いたことなどを懐かしそうに話し、そして大いに酒を飲んだ。

午後から村雨道場に年始の挨拶に行く予定であった夢之丞も、すっかり酒と二人の会話に酔いしれ、ふと気づくと、七ツ（午後四時）を疾《と》うに廻っていた。

結局、こんなに遅い時刻から伺《うかが》っては失礼だ、番場町にはまたの機会にということになり、夢之丞は満枝の用意してくれた土産《みやげ》のお重を抱え、家路についた。

冬の七ッ過ぎといえば、辺りはもう薄暗い。

満枝が貸してくれた提灯《ちょうちん》を手に、夢之丞はぶるるっと身震いした。

正月もまだ二日、日中は年礼や初荷で賑《にぎ》わった大通りだが、陽が翳《かげ》った途端に蜘蛛《くも》の子を散らすように人が消え、常なら、今頃はぼんやりとした灯《とも》を点す飯屋や居酒屋の軒行灯《のきあんどん》も消えている。

それだけに、酔い覚めの身には寒さが堪《こた》え、夢之丞はクシュンと一つ、大きな嚔《くさみ》を打った。

その刹那《せつな》、家族に囲まれ、温々《ぬくぬく》とした炬燵《こたつ》や手焙《てあぶ》りの傍にいるのならまだしも、独《ひと》り身には正月は辛《つら》いものよ、とそんな想いがつと頭を過ぎった。

紀藤のことを想ったのである。

「半井どのはよい。御母堂が傍におられるのだ。それがしなんぞ、天涯孤独……。国許にも身寄りはないし、江戸ではそれこそ独りきりだ。それゆえ、何故《なぜ》、徒党を組みたがると問われれば、徒党を組まねば、ただ独り……、そう答えるより術《すべ》がないのよ。喋る相手もいなければ、物を食うても美味《うも》うはないからよ」

これが、何ゆえ薩摩藩の御家騒動に加担するのか、と訊ねたときの紀藤の答えである。

「では、おぬしは独りでは寂しいから、徒党を組むというのか?」

そう言うと、紀藤は憤然とした顔をして、

「何を申す！　寂しくないといえば嘘になるが、それがかりではない。それがしの故郷《くに》は薩摩だ。紀藤の家は代々薩摩藩士であり、根っからの薩摩人《さつまびと》なのだ。つまり、薩摩藩は家族も同然……。それゆえ、薩摩の行く末を想うと、じっとしていられないのだ。いや、もっと言えば、お国のためと言ってもよい。外夷《がいい》の脅威《きょうい》にさらされている現在《いま》だからこそ、我らが一致団結をして、外夷と戦わなければならないのだ！」

と力説した。

成程、尤《もっと》もらしい大義名分であるが、外夷と戦うためにと言いながら、その実、やっていることは藩内の権力争いにしかすぎないではないか……。

夢之丞から見れば、紀藤は単に藩から利用されているとしか思えない。

紀藤のように寂しい男ほど御《ぎょ》しやすいものはなく、何事かあれば、蜥蜴《とかげ》の尻尾《しっぽ》切りをすれば済む話なのであるから……。

池田にはそれが解っているからこそ、逡巡《しゅんじゅん》しているのであろう。

「いずれにしても、俺が薩摩藩にいるのも後僅《わず》か……。家督継承問題に決着がついた暁《あかつき》には、俺なんぞ用済み……。ふふっ、お払い箱さ」

池田はそう言い、自嘲《じちょう》するように嗤《わら》って見せた。

「なに、そうなれば、また村雨道場に戻ればいいさ。だが、待てよ。おぬしが道場を辞して、確か、西野岩之輔《にしのいわのすけ》が師範代に昇格したと聞いたが……。すると、今更、西野を押し退《の》けて師範代にというわけにもいかないのか……。かといって、うちに来いと言ったところで、このように町人相手の道場ではのっ。現在《いま》でさえ、真面《まとも》に半井への手当が払えなくてお手上げ状態なのだ。そうよ、おぬしほどの腕があるのだ。いっそ、道場を開いてみてはどうだろう。及ばずながら、俺も力になろうぞ」

弥五郎がそう助言すると、池田は、運良く生きていたらな、とぽつりと呟いた。

夢之丞は池田の見越したようなその物言いに、ぎくりとした。

池田の辛さが胸に沁《し》み、紀藤の危うさに胸が騒いだのである。

霊巌寺《れいがんじ》に差しかかると、一層、辺りが闇《やみ》と化した。

通りの右手を久世大和守《くぜやまとのかみ》の下屋敷、左手を霊巌寺の土壁で塞がれてしまうと、灯《あか》りなどどこにも見当たらない。

が、目を凝らすと、西平野町《にしひらのちよう》のほうから仄《ほの》かな灯が二つ、ゆらゆらと人魂《ひとだま》のように揺れながら、近寄って来る。

鬼気迫ったものをなんら感じないところを見ると、どうやら町人のようである。

そう思ったときである。

仄かだった灯の一つが、夢之丞を目掛けてぐいぐいと迫ってきた。

「やっぱ、夢さんだ！　おっ、伊之《いの》、早く来なよ」

鉄平という男は、なんて目敏《めざと》く、はしかい（すばしっこい）男であろうか。

鉄の声か……、と思ったときには、もう目の前にいる。

「鉄じゃねえか。今時分、何をしておる」

「何をしているって……。正月早々、その言い種《ぐさ》はねえだろ？　俺《おり》ゃ、夢さんを捜してたのよ。裏店を訪ねてみたんだが、三太《さんた》の話じゃ、朝方出掛けたきりで、まだ戻っちゃいねえというだろ？　あっ、言っとくけど、俺ゃ、夢さんの部屋には近づいちゃいねえからよ」

鉄平が滅相もないといったふうに、大仰《おおぎょう》に手を振って見せる。

真沙女には逢っていないという意味であろう。

どうやら、鉄平は真沙女が出入師《でいりし》という裏稼業のことを、未だに知らないと思っているようである。

「それでよ、伊之の兄貴が言うには、鴨下道場じゃねえかって……。おっ、伊之、後はおめえが喋れ！」

鉄平がようやく追いついた、伊之吉《いのきち》を振り返る。

伊之吉は腰を折り、ぜいぜいと肩で喘《あえ》いでいる。

「全くもう……。鉄……、ハァハァ……、鉄の野郎の速《はえ》ェこと……」

「なんでェ、おめえが亀《かめ》みてェに遅いんじゃねえか。じゃ、いいや。俺から話さァ。それがさ、伊之の兄貴が久方ぶりに仕事を持って来てよ。山本町《やまもとちょう》の足袋屋《たびや》……、なんていったっけ？　おお、そうよ、松寿堂《しょうじゅどう》……。松寿堂の内蔵《うちぐら》に、娘を人質に取って賊が立て籠《こ》もったとかで、何がなんでも娘を助け出してくれってさ！」

「鉄、このひょうたくれが！　生利《なまぎき》（知ったかぶり）に熱を吹きやがって！　いえね、内蔵に立て籠もったのは、賊じゃねえんで……。松寿堂の元娘婿なんですよ。従って、人質に取られたというのも、その男の実の娘。なんでも、その男、一年前《めえ》に放蕩《ほうとう》が過ぎて松寿堂を追出《ばいだ》されたそうでやすが、ひと目娘の顔を見せろと年玉を持ってやって来たそうで……。常なら、松寿堂も一旦追出した婿など相手にしねえところだが、これが正月ときた。穀潰《ごくつぶ》しといえども、親は親。正月くれェ娘に年玉を渡したくなったのだろうと気を許し、中に入れたのが運の尽き……。お浜《はま》という男の元女房、つまり、松寿堂の家付き娘でやすがね。お浜がちょいと目を離した隙に、男が娘の首に匕首《あいくち》を突きつけて、内蔵へと逃げ込んだ。松寿堂では上を下への大騒ぎとなってさ。大旦那やお浜が娘を解放してくれと説得しても、鶴次《つるじ》という男、娘を殺《あや》めて、自分もこの場で果てると聞く耳持たず……。大旦那は弱り果てて熊伍《くまご》親分を呼びにやろうとしたそうでやすがね。それを止めたのが、お浜でよ。岡っ引きを呼んで騒ぎを大きくすれば、鶴次がますます依怙地《いこじ》になるだけだ。それより、出入師を呼んで、ここはひとつ、穏便に分《わか》ちをつけてもらうほうがよいのじゃないかとね……。それで、あっしが呼ばれたんだが、口下手《くちべた》のうえに頭もろくに廻らねえあっしじゃ、どうにもならねえ。それに、奴ァ、匕首を持ってるというだろ？　一対一なら、匕首にかけちゃあっしも後に退《ひ》かねえが、万が稀《まれ》、娘を傷つけちゃなんねえと思ってよ。それで、急遽《きゆうきよ》、鉄と二人で夢さんを捜したんだが、ああ、良かった。そんな理由《わけ》だ。すぐさま、山本町に駆けつけて下せえ！」

流石は、鉄平より幾らか臈長《ろうた》けた伊之吉である。

口下手など、天骨《てんこち》もない（とんでもない）。ばつの合った話しぶりに、夢之丞はすぐさま状況を把握した。

「よし、解った！」

そう言うと、夢之丞は海辺橋を左に折れ、山本町へと脚を速めた。


鶴次という男は娘のお佐岐《さき》を人質に、中から鍵《かぎ》をかけ、内蔵に立て籠もっていた。

「ああ、半井さま。よく来て下さった！　鶴次のあの金太郎《きんたろう》が！　あたしたちの言葉には一切耳を貸そうとしないんですよ。自分はここを追い出されたら、死んだも同然。ならば、いっそ娘のお佐岐を道連れに死んでやると、とっけもないことを言い出しまして……」

松寿堂の主人栄三郎《えいざぶろう》は蕗味噌《ふきみそ》を舐《な》めたような顔をして、孫のお佐岐を何がなんでも無事に救い出してくれ、と手を合わせた。

その傍《かたわ》らで、お浜が青ざめた頬を引きつらせ、わなわなと顫えていた。

「鶴次が内蔵に立て籠もって、どのくらいの刻《とき》が経つ？」

夢之丞がそう訊ねると、さあ、二刻《ふたとき》（四時間）にはなるでしょうか、と栄三郎が心許《こころもと》ない答えを返してきた。

すると、六歳のお佐岐にはそろそろ限界と見なければならないだろう。

夢之丞は内蔵の扉の前に立つと、中に声をかけた。

「おう、鶴次さんよ！　俺は出入師の半井夢之丞という者だ。出入師が何をする仕事か、おめえさんも知ってるよな？　そう、つまり、争い事や揉《も》め事の仲裁に入り、双方の言い分を聞いて、渡引《わたりひき》をする仕事よ。だから、これは商売《しょうべえ》でよ。お役人や岡っ引きとはわけが違う。そう思い、おめえも言いてェことがあるんなら、腹を割ってなんでも話すがいい」

「煩《うるせ》ェ！　出入師だかなんだか知らねえが、放っといてくれ！　俺ャ、お佐岐とここで死ぬ。お佐岐は俺の娘だ。道連れにして何が悪い！」

「てんごう言ってんじゃねえや！　確かに、お佐岐はおめえとお浜の娘だ。だがよ、その前《めえ》に、この世に生まれ落ちたその瞬間から、お佐岐は立派に一人の人間なのだということを覚えとけ！　だからよ、父親《てておや》といえども、てめえの勝手でお佐岐を殺める権利なんてどこにもありゃしねえんだ！」

夢之丞は大声でどしめいた。

内蔵の中から、しくしくとお佐岐の啜《すす》り泣く声が聞こえてきた。

「どうしてェ、お佐岐。泣くなよ。おめえ、おとっつァんと一緒なら死んでもいいと言ってくれたよな？　おめえ一人が死ぬんじゃねえ。このおとっつァんも一緒に死ぬんだから、怖《こえ》ェことなんてねえんだぜ。そうだ、そうして、しっかりとおとっつァんの胸にしがみついておけ」

鶴次が娘を宥《なだ》めているようである。

どうやら鶴次という男、根っからの悪《わる》ではなく、こうなったのには何か事情がありそうである。

「鶴次よ、お佐岐はまだ六歳というではないか。可哀相《かえいそう》に、二刻も蔵に閉じ込められたんじゃ、腹もへだるくなるだろうし、厠《かわや》にも行きたくなるだろう。第一《でえいち》、真っ暗な中にいてみな？　いくらおとっつァんと一緒だといっても、心細くならァ。で、どうだろう？　どうやら、おめえがそんなことをしたのには理由《わけ》がありそうだし、俺が灯りと食い物を持って中に入ろうじゃねえか。それで、ゆっくり、おめえの話を聞こう。大丈夫《でえじょうぶ》だ。腰の物は置いていくからよ」

「……」

鶴次は夢之丞の申し出に、何か考えているようだった。

「本当に、丸腰だな？」

「ああ、俺も武士の端《はし》くれだ。約束しよう」

「じゃ、水を……。それと、桜飴《さくらあめ》をお佐岐に持って来てくれ。お浜に言えば解るからよ。こいつ、心細《こころぼせ》ェときには、いつもそいつを舐めるんだ」

鶴次は扉越しに言うと、お佐岐に向かって、もう少し待ってな、今、おめえの好きな飴を持って来てもらうからよ、と囁《ささや》いた。

夢之丞はお浜に水の入った小筒《ささえ》（竹筒）と桜飴を用意させると、手燭《てしよく》を手に内蔵の中に入った。

薄明かりの中、摩枯《すりか》らした鶴次の姿が浮かび上がった。

月代《さかやき》や顎《あご》に無精髭《ぶしょうひげ》を蓄《たくわ》え、全体に霜《しも》げて見えるが、所体《しょてい》（身形）さえ調えれば、これがなかなかの雛男《ひなおとこ》で、目には優しい光を湛《たた》えている。

その鶴次の腰に、お佐岐がしっかとしがみついていた。

六歳の女児らしく頭は唐子《からこ》だが、正月用の振袖に絞りの扱き帯を締め、鶴次に似た二重《ふたえ》瞼《まぶた》の愛らしい面立をしていた。

「可哀相《かえいそう》によ。見なよ、寒くて顫えてるじゃねえか。極寒《ごっかん》に、こんな火のねえ所に二刻も閉じ込められたら、大人だって凍りついちまうというのによ。おう、鶴次よ、早ェ《はえ》とこ片をつけて、ここから出ちゃどうでェ。おめえ、本当は死ぬ気なんてねえんだろ？　だって、そうだろうが。本気で死ぬ気なら、こんな所に二刻も籠もってねえで、とっくの昔に匕首で喉を突き刺してらァ」

夢之丞の言葉に、鶴次は慌てて首を振った。

「違うって？　では、何を期待している」

「期待なんて……」

「では、はっきり言おう。おまえさん、ひと目娘に逢いたくて訪ねて来たが、何かの弾《はず》みで、また、お浜か大旦那と言い合いになり、成行きでこんなことになっちまったんだろう？　端《はな》から、おめえには死ぬ気なんてなかった……。無論、娘を道連れなんて、天骨もねえ。だって、そうだろうが！　娘はこんなにもおとっつァんを慕《した》ってるんだ。そんな娘をおめえが手にかけられるわけがないだろうが……。さあ、言ってみな。何があった?」

「俺ャ……、ただ、お佐岐に逢いたかっただけなんだ。それなのに旦那は俺を見て、貧乏神でも見るような目をしてよ……」

鶴次はようやくぽつぽつと話し出した。

「俺ャ、端から、旦那の気に染まない婿だったんだ。役者崩れの男なんて、松寿堂の跡取りには相応《ふさわ》しくねえって……」

「ほう、役者崩れとな? おめえ、役者だったのか」

「詰役者《つめやくしゃ》だけどよ」

鶴次はそう言い、自分は旅回り一座の下っ端役者をしていたが、六年ほど前、両国広小路《りょうごくひろこうじ》で旗揚《はたあ》げをした際にお浜と出逢い、すぐに鰯《いわし》煮た鍋《なべ》(離れがたい関係)となったのだ、と打ち明けた。

鶴次の話では、当初、びたくさまとわりついたのはお浜のほうで、お浜は一旦濡《ぬ》れた袖になると、どうしても鶴次と所帯を持たせてくれと栄三郎に懇願したという。

「つがもない、い! 役者風情と!」

栄三郎は歯牙《しが》にもかけなかった。

が、お浜は五分《ごぶ》でも退かないとばかりに、一緒にさせてくれないのなら、駆け落ちをするとまで言い出した。

しかも、お浜のお腹には、既に鶴次の子が宿っていた。

それで、当時はまだ生きていた栄三郎の妻お芙美《ふみ》が間に入り、ようやく栄三郎も渋々折れてくれたのだった。

お佐岐が生まれたのは、お浜と鶴次が祝言を挙《あ》げた、その年の暮れである。

初孫の誕生で幾分栄三郎も軟化し、鶴次も足袋屋の若旦那としてようやく商いに慣れた頃でもあり、これで何もかもが丸く収まると誰もが思っていた。

ところが、お佐岐が四歳になったばかりの頃である。

たまたまその日、栄三郎はお浜とお佐岐を連れて外出し、見世《みせ》の者もそれぞれに配達や集金で留守をしており、松寿堂にはお芙美と鶴次の他に、手代二人と小僧が数人いただけだった。

お芙美が胸苦しいと言い出したのは、昼餉《ひるげ》を終えた八ツ（午後二時）頃のことである。

鶴次は医者を呼ぼうと言ったが、少し休めば治るからとお芙美は閨《ねや》に下がった。

それで、鶴次も安堵《あんど》して仕事に戻ったのだが、夕刻、栄三郎たちが帰宅してみると、お芙美は既に事切れていた。

「旦那はまるで俺が殺したかのように激怒なさって……。けど、まさか、そこまでお内儀《かみ》さんが悪いとは思わなかったもんで……」

鶴次はずるずると洟《はな》を啜り上げた。

栄三郎は役者上がりに後を託したのが間違いだった。常識で考えれば、胸が苦しいと言ったとき、否が応でも医者に診《み》せなければと思ったはずだ、と鶴次の無知を詰《なじ》った。

しかも、もっと始末に悪いのは、お浜までがどこか棘《とげ》のある目で鶴次を見るようになったことである。

次第に、鶴次は見世にいても奥にいても、針の筵《むしろ》に坐《すわ》らされているかのような気になってきた。

新地《しんち》や裾継《すそつぎ》、佃《つくだ》といった遊里に脚が向くようになったのは、その頃である。

誰でもいい。繰言を聞いてくれ、人肌で優しく身体を包み込んでくれれば、それだけでいい……。

鶴次はそのただ一時《いっとき》の安らぎを求めて、やけ無茶に、夜の巷《ちまた》を彷徨《さまよ》い続けた。

気づくと、随分と見世の金を引負《ひきおい》（使い込み）し、遊里にも借りを作っていた。

栄三郎の堪忍袋の緒《お》が切れたのは、帳簿と金箱《かねばこ》の数字が合わず、茶屋や岡場所から書付《かきつけ》（請求書）が届くようになったときだった。

「いきなり退状《のきじょう》（離縁状）を叩きつけられやした。今から思えば、旦那は俺が内を外にするようになった直後から、引負していることに気づいていたんだ……。気づいていて、態《わざ》とわざくれ三昧《ざんまい》にしらんぷりをして、引負がこのくらい溜《た》まれば、退状を叩きつけても誰も文句は言わないだろうというところまで、見て見ぬ振りをした。旦那はどうあっても、俺を松寿堂から追い出したかったんだ……。俺はそこまで旦那から嫌われてたんですよ。けど、訳も糸瓜《へちま》もねえや。俺が引負したのは、本当の話なんだからよ」

鶴次はそう言うと、辛そうにお佐岐の頭に頬を寄せた。

「俺は退状を叩きつけられたところで、文句は言えねえ。けど、お佐岐と逢えなくなると思うと、それが辛くてよ……。こいつだけなんだ。何があっても、おとっつァん、おとっつァん、と俺のことを慕ってくれるのは……」

「だが、おめえと所帯を持つことに、それほど執着《しゅうちゃく》したお浜だぜ？　よく、おめえが松寿堂から叩き出されるのを黙って見ていたな」

「女ごの気持は解らねえ……。あいつ、お内儀さんが亡くなった頃から、俺を見る目に棘があるように思ったが、俺が女ごの匂《にお》いを身に着けて帰《けえ》るようになってからは、まるで、汚《けが》らわしいものでも見るような目をしてよ。指一本触《さわ》らせやしねえ……。秋風が立つなんてもんじゃなく、ふふっ、蛇蝎《だかつ》のごとくに嫌われちまったのよ」

鶴次は忌々《いまいま》しそうに言うと、また、お佐岐をぎゅっと抱き締めた。

「こいつだけだ。俺のことを真面に扱ってくれるのは……。今日もよ、俺ャ、お佐岐に逢えるだけで良かったんだ。正月だし、父親《てておや》らしきことがしたくてよ。それで、師走《しわす》に日傭《ひよう》取りで稼いだ銭で羽子板を買ってよ……。家に入れてくれねえかもしれねえと心配《しんぺえ》したが、羽子板を渡すだけだと言ったら、お浜が上げてくれてよ。俺ャ、半刻《はんとき》（一時間）ほどこいつと話したら、帰《けえ》るつもりだった。そしたら、お浜の奴が、もう二度とお佐岐に逢いに来ないでくれ、と言ってよ。来月、自分は再婚することになった。そうなると、お佐岐に新しくおとっつァんが出来るわけだから、いつまでもおまえさんとの関係を続けていられないんだよ。今日が最後と思ってくれ……。あいつ、そんなことを言いやがってよ。俺ャ、カッと頭に血が昇っちまって……。お浜が誰と所帯を持とうが、そんなことは知ったことじゃねえ。けど、お佐岐に二度と逢えねえとはなんだ！　冗談じゃねえ！　お佐岐は俺の娘だ。俺が松寿堂を出ようと何をしようと、俺の娘に違《ちげ》ェねえ。なっ、そうだろ？」

「それで、お佐岐を道連れに死のうと思ったというんだね？」

鶴次はふうと太息《といき》を吐き、項垂《うなだ》れた。

「おめえの気持はよく解った。だがよ、さっきも言ったと思うが、お佐岐には人として生きる権利がある。おめえの娘であっても、決して、手をかけちゃならねえんだ。それによ、死んでしまったら、それこそ、二度とお佐岐に逢えなくなるんだぜ。ほれ、よく言うじゃないか。この世で添えないのなら、あの世でとか、共にあの世で手を携《たずさ》えてとか……。だが、そんなのは嘘だ！　死んだら、それでお終《しめ》ェよ。無、無でしかないんだよ。だからよ、この世に生《せい》あるうちは懸命に生きるこった。そうすりゃ、逢いたい人にも逢える……」

「無……」

鶴次は何かに憑《つ》かれたように、夢之丞を見た。

夢之丞が頷く。

「そういうこと……。よし、俺に委《まか》せておけ！　俺がお浜や旦那に掛け合ってみよう。これからも、おめえをお佐岐に時々逢わせてやってくれとよ」

「えっ、おまえさんが……。そんなことが出来るのかよ。ここの旦那は一筋縄じゃいかねえ、鉄梃《かなてこ》だ」

「おい、出入師を見くびってもらっちゃ困るぜ！　まあ、委せときなって。おっ、俺はちょっくら旦那やお浜と話して来るから、おめえはまだここにいな。お佐岐ちゃん、大丈夫だな？　もう少し、おとっつァんとここにいられるよな？」

夢之丞がお佐岐の顔を覗《のぞ》き込む。

お佐岐は桜飴で頬を膨らませ、こくりと頷いた。

「流石は、夢さんだ。鶴次があっさりと鉾を収め、お佐岐ちゃんにしても、かすり傷ひとつなかったんだもんな」

亀久橋《かめひさばし》を渡りながら、鉄平が言う。

「けど、一旦、夢さんが一人で内蔵から出て来ただろ？　肝《きも》を冷やしたぜ。てっきり、渡引に失敗したんだと思ってよ」

「伊之の藤四郎が！　夢さんに限って、そんなドジを踏むわけがねえだろ？　見なよ、ちゃんと、松寿堂の旦那やお浜に鶴次を時々お佐岐に逢わせると約束させ、念書まで取って来たじゃねえか。へへっ、しかも、小づりが一両だぜ！　こいつァ、春から縁起が良いわい！」

鉄平が歌舞伎役者《かぶきやくしゃ》にでもなったかのように、大見得を切って見せる。

「鉄、この大つけが！　けどよ、念書には、鶴次がお佐岐と逢う場合、必ず、前もって夢さんに連絡をし、夢さん立ち会いの下《もと》で、とあるんだろ？」

伊之吉が神妙な顔で訊ねる。

「ああ。だが、その行《くだり》は俺が敢えてつけ加えたのだ。今後、鶴次の身の有りつきがどうなるかは誰にも解らないことだ。万が一、鶴次がまたもや世をはかなんでみな？　再び、やけ無茶になって、お佐岐を道連れにと言い出さねえとは限らないからよ」

「流石は、夢さんだ！　そこまで考えているとはよ。ところで、確認しておきてェんだが、鶴次がお佐岐に逢うとして、毎度、夢さんが立ち会うわけだから、松寿堂はその度《たんび》に小づりをくれるのだろうか？」

鉄平が空惚《そらとぼ》けたように言う。

夢之丞は腹の中で、にたりと嗤った。

全く、どこまで抜け目のない男であろうか……。

「そりゃ、くれるに決まってるさ。立ち会いであろうが、立派なお務めだ。くれねえなんて言ったら、あっしが出て行って、どすの利《き》いた睨みをくれてやるからよ！」

鉄も鉄なら、伊之も伊之である。

と言うのも、この生虫《なまむし》を懐に入れたような薄気味の悪い顔で睨めつけられると、伊之吉が口を開く前に、大概の者が縮《ちぢ》み上がってしまうのである。

ところが、伊之吉は存外に肝っ玉が小さく、口下手とくる。

それで、伊之吉の役目はそこで終わり、後に控えた夢之丞の出番となる。

つまり、夢之丞、伊之吉、鉄平は三人一組で、まず、小柄でちょこまかと敏捷《びんしょう》な鉄平が、口八丁手八丁でどこにでも入り込み、仕事を請け負ってくる。

それから、不人相《ふにんそう》な伊之吉の出番となり、しっかと睨みを利かすと、終演《とり》を務めるのが、夢之丞……。

夢之丞は理道《りみち》に適《かな》った折衝《せっしょう》を得意とし、何より、腰の二本差しがものを言った。

滅多に刀を抜くことなどないのだが、それでも、夢之丞の無駄のない所作や身体から醸し出す気合いに、大概の者が気圧《けお》されてしまうのだった。

とまあ、こんな具合で、幸い、これまでに手がけた渡引で、失敗に終わった例《ため》しがない。

要するに、この三人は出入師をやるうえで、切っても切れない間柄なのである。

「おいら、なんだか腹がへだるくなっちまったぜ。そう言や、夕餉をまだ食ってねえや……」

鉄平が思い出したように言う。

すると、答える代わりに、伊之吉の腹がクウと鳴り立てた。

「おう、そうか。おめえたちはまだ晩飯を食ってねえんだな。俺は道場で昼前《ひるめえ》から食いっぱなしだったが、では、こいつを食うか？」

夢之丞が片手にぶら下げた風呂敷包《ふろしきづつ》みを、高々と掲げて見せる。

「えっ、そいつはお袋さんへのお土産《みや》じゃ……」

「ああ、鴫下先生の妻女が気遣《きづか》って下さったんだがな、なに、うちには頂き物のお節があるんだ。構わん。おめえたちで食っちまいな」

「そいつァ、頂山《いただきやま》の鳶烏《とびがらす》といきてェところだが、一体《いってえ》、そいつをどこで食う?」

鉄平が豆狸のような目を、きょときょと四囲へと泳がせる。

仙台堀界隈《かいわい》の見世はどこも固く扉を閉ざし、軒行灯すら点《とも》っていない。

「正月だもの、どこも閉まってらァ……。けど、うちの裏店じゃよ。とても他人《ひと》さまを呼べるようなところじゃねえし、第一《でいいち》、酒がねえ」

鉄平がそう言うと、伊之吉も、言えてらァ、と相槌《あいづち》を打つ。

「かといって、夢さんちに行けるわけじゃなし……。いや、いや、いや、滅相もねえ。あの、おっかねえお袋さまのいるところなんて、俺ゃ、真っ平ご免!」

夢之丞は苦笑した。

ここまで嫌われるとは、真沙女が聞いたら、どんな顔をするだろう……。

「では、蛤町《はまぐりちょう》まで脚を延ばすか?」

「蛤町って、えっ、ほおずきに? けど、正月だ。ほおずきも開いてねえんじゃゃ……」

「一か八か、当たってみるより仕方がないだろう。それによ、小づりとして貰った一両を、おめえたちに分配しなくちゃならねえからよ」

夢之丞はそう言うと、冬木町を素通りし、蛤町へと歩いて行った。

案の定、ほおずきは閉まっていた。

だが、おりゅうとおけいは、見世の二階に寝泊まりしているし、身寄りのないおりゅうが、正月にどこかに行くとは聞いていない。

そう思い、腰高障子に手をかけ揺すってみるが、カタカタと揺れるだけで、開こうとしなかった。

「どうする、夢さんよ。やっぱ、無理だ。帰《けえ》ろうぜ」

鉄平が心細い声を出した、そのときである。

「どなた？」

おりゅうの声がした。

「済まねえ。俺だ……」

「夢之丞さん？　あら、まっ……」

おりゅうはそう言うと、中から心張棒《しんばりぼう》を外した。

「驚いた……。どうしました？　こんな時刻に」

おりゅうは手燭を翳《かざ》し、夢之丞の背後に鉄平と伊之吉の姿を認めると、もう一度、あら、まっ……と、目を丸くした。

「見世が休みとは知っていたんだが、こいつら、腹を空《す》かせていてよ。済まねえが、ちょいと場所を貸しちゃくれないだろうか」

「ええ、それは構いませんのよ。けれども、生憎《あいにく》、見世が休みなものでして、本当に、何もありませんのよ」

「いや、食い物はいいんだ。ほれ、お持たせがあってよ。悪いが、酒だけ頼みたい」

「まあ、お節じゃありませんか。どなたがこれを……」

「なに、道場からの帰りなんだが、こいつらが空腹《からはら》を抱えているもんだから、ならば、いっそここでと思ってよ」

「まあ、先生の奥さまは、夢之丞さんのお母さまにと託されたのでしょうに……。宜しいのですか？」

「いいってことよ。黙ってりゃ判らないことだ。それによ、うちには吉富から届いた梅本のお重があるんだよ」

「あら、梅本の……。それは豪勢ですこと！」

おりゅうはそう言いながらも、てきぱきと火を熾《おこ》し、見世の八間行灯《はっけんあんどん》に灯を点していく。

奥の小上がりに手焙りが配られ、それでようやく冷え切った身体に暖を取ることが出来たそのとき、計ったように、熱燗《あっかん》が運ばれてきた。

「これだよ、これ！　さあさ、まずは一杯《いっぺえ》！」

鉄平が幇間《ほうかん》のような仕種《しぐさ》をして、皆に酌をして廻る。

「ほんじゃ、まっ、年始の挨拶といきてェが、その前《めえ》に、例の口上をちょっくらいきやすか？」

「おう、それよ。それをしねえと始まらない。では、参るぞ！」

三人が人差し指を立てる。

「機を逃さず、手つかずの話。これ、すなわち、重畳《ちょうじょう》、重畳！」

夢之丞が鉄平に、伊之吉にと指を差し出し、互いにちょんちょんと打ち合う。

そうして、一気にぐいと盃を干し、改めて、

「はい、明けまして、おめでとうさん！」

と頭を下げる。

おりゅうも寄って来て、おやおや、と目を細めた。


それから一廻り（一週間）ほどした頃である。

その日、夢之丞は珍しく六ッ（午後六時）に裏店に戻った。

すると、井戸端で夕餉の後片づけをしていたおりつが驚いたように立ち上がり、鳩《はと》が豆鉄砲を食ったような顔をして、寄って来た。

「おんや、まっ。どこか身体の具合でも悪いんですか？」

「いや……。どうして、そんなことを訊くのだ」

「だって、半井さまがこんな早い時刻にご帰還とは……。嫌だ。雨でも、いいんや、それどころか、雪が降らなきゃいいんだけどさ！」

「何を莫迦なことを！　たまには、俺だって早く帰ることもあるさ」

「けどさ、母上はまだお戻りじゃありませんよ。ねっ、おきんさん、半井さまのおっかさんは昼過ぎに出掛けたきりで、まだ戻っちゃいないよね？」

手桶《ておけ》を手に部屋から出て来たおきんに向かって、おりつが大声を上げる。

「ああ、確か、まだだと思うが……。ほれ、部屋の灯りが見えないじゃないか」

おきんは夢之丞の部屋の障子を覗き込むようにして、手を振った。

確か、今日は出稽古《でげいこ》のない日である。

朝方、真沙女はどこにも出掛けると言っていなかったので、夢之丞は、はて、と首を傾げた。

たまに早く帰って、真沙女と夕餉を共にしようと思うと、これである。

やれ、こんなことなら、ほおずきに寄るのだったと後悔するが、今更、引き返すのも恰好《かっこう》がつかない。

第一、たった今、雪でも降らなきゃいいのにと、たまの早い帰還を揶揄《やゆ》されたばかりである。

母親が留守だと知って、後を追うように引き返すのでは、乳離《ちばな》れの出来ていない悪餓鬼同然、どこかしら小っ恥ずかしい。

夢之丞は怫然《ふつ》とした顔をして、腰高障子を開けた。

灯のない部屋はやけに心寂《うらさみ》しい。どこかしら、寒さまで割り増しされるように思った。

夢之丞は行灯《あんどん》に灯を入れると、長火鉢の埋《うず》み火を掘り起こす。

幸い、種火がまだ残っていて、炭をつぎ足し息を吹きかけると、すぐに赤々と火は熾きた。

さてと……。

長火鉢に手を翳し、次に何をすればよいのかと考えるが、日頃家のことなどしたことのない夢之丞には、何をどうすればよいのか解らない。

腹、減ったよなあ……。

そう思い、茶箪笥《ちゃだんす》や厨廻りをあちこちと探ってみるが、見事と言ってよいほど、食い物らしきものが見当たらない。

やれ、こうなりゃ、空腹を抱えて不貞寝《ふてね》をするまでよ……。

夢之丞がやけ無茶になって、ごろりと床の上に転がった、そのときである。

「半井さま、いいかね？」

どうやら、おきんの声のようである。

おきんは夢之丞の返事も聞かずに、そろりと障子を開けた。

「腹が空いていなさるんじゃないかと思って……。うちじゃ夕餉を済ました後で、差し入れをしようにも、本当に何もなくてさ。けど、昼間、小中飯《こじゆうはん》（おやつ）にと思って買った焼芋が残っているのに気づいてさ。冷めちゃってるけど、もう一遍、長火鉢で焙《あぶ》ったら食べられると思ってさ」

おきんはそう言うと、前垂《まえだ》れの下に隠し持った焼芋をそっと差し出した。

「おう、そいつァ、有難《ありがて》ェ。じゃ、ご馳《ち》になろうか。ところで、おきんさん、焼き網ってのは、どこにある」

「焼き網がどこにあるかだって？　知るもんか、他人《ひと》んちだもん。けど、大概、そういったものは竈《かまど》の脇にあるもんだ。ほれ、そこ、そこにあるじゃないか！　やれやれ、武家の男なんて、ろくなもんじゃない。偉そうなことを言ったって、やっとうを振り回すだけで、身の回りのことなど何ひとつ出来やしないんだから！」

おきんはぶつくさ憎体口《にくていぐち》を叩くと、ほんじゃよ、と帰って行った。

が、何はともあれ、これで一時は凌《しの》げるわけである。夢之丞は芋を温め直し、ほっほっと息を吹きながら平らげると、再び、ごろりと横になった。

腹がくちくなったら、途端に、眠気が差してくる。

うとうとと微睡《まどろ》み、いつしか白河夜船《しらかわよふね》……。真沙女に揺り起こされ、夢之丞はハッと我に返った。

「どうしました。転《うた》た寝などして！」

「……」

夢之丞には今ひとつ状況が摑めない。

何ゆえ、真沙女は外出着を着ているのだろうか。それも、留袖《とめそで》とは……。

「母上こそ、今時分までどこに……」

「辰《たつ》の口邸に行って参りました」

「辰の口邸……。えっ、上屋敷に？　東堂《とうどう》さまのところに行かれたというのですか！」

夢之丞は跳ね起きると、声山《こえやま》を立てた。

「何ゆえ……。東堂さまから呼び出しがかかったとでもいうのですか！」

真沙女はつと眉根を寄せると、首を振った。

「そうではない。そなたが辰の口邸を訪ねて、一年が経とうとするが、東堂さまからあれきり音沙汰《おとさた》がないのでな。そなたで駄目なのであれば、これが最後と思い、母が直接お目もじを願おうと思うてな……」

あっと、夢之丞は息を呑んだ。

では、真沙女は東堂への一縷《いちる》の望みが未だ捨てきれていなかったのであろうか……。

「母上が……。で、東堂さまは逢《お》うて下さったのですか？」

いや、と真沙女は首を振った。

やはり、そういうことなのか……。

夢之丞がちっと舌を打ちかけたときである。

「逢おうにも、もう二度と、逢えぬことになってしもうてのっ。東堂さまはな、亡くなられた。三月《みつき》も前に、病死なさったそうじゃ……」

「亡くなった？　病死ですと！」

夢之丞の脳裡《のうり》に、東堂のてらりと脂ぎった丸い顔や、男にしては大きく、愛嬌《あいきょう》のある目許がつっと甦《よみがえ》った。

まさか……。どこから見ても、健康体のあの男が……。

凡《およ》そ、東堂と病死という言葉ほど結びつかないものはない。

きっと何かがある……。

一年ほど前、念願が叶って初めて東堂に目通りしたとき、東堂は現在《いま》は藩財政が厳しく、新たに藩士は抱えられないが、自分の下で用心棒として働かないか、と勧めたことがある。

東堂内蔵助《くらのすけ》は、筆頭家老平岐《ひらき》掃部助《かもんのすけ》と常に熾烈《しれつ》な権力争いをしてきた男である。

夢之丞の父左右兵衛《そうべえ》はその争いに巻き込まれ、挙句《あげく》、賄《まいない》を受けた咎《とが》で藩を追われ、また竹馬《ちくば》の友垂水《たるみ》百輔《ももすけ》も、権力争いに利用された末、まるで紙屑《かみくず》でも捨てるかのようにお払い箱となり、最期《さいご》は無念な死を遂げた……。

その東堂の下で用心棒として働くということは、夢之丞もまた、父や垂水の前轍《ぜんてつ》を踏むことになるのではなかろうか……。

あのとき、夢之丞は暫く考えさせてほしいと辰の口邸を辞したが、二度と、東堂に逢うことはないだろうと固く腹に決めていた。

だが、夢之丞が関わらずとも、東堂の野望が留《とど》まるはずもない。

垂水から聞いた話では、東堂は一度は平岐に敗れたというが、さりとて、このまま黙って江戸家老に収まっているとは思えない。

あの東堂なら、必ずや巻き返しを図り、筆頭家老の座を狙《ねら》うはずである。

やはり、何かがあったに違いない。

が、何があったにせよ、東堂は既にこの世の人ではないのだから、これで十四年の永きにわたる東堂への宿怨《しゅくえん》も、露と化したことになる。

終《つい》しか、東堂への恨み言を口にせず、いつかはあの方が半井家を救い上げて下さる、と言いながら死んでいった、左右兵衛……。

真沙女もまた、時折、怨嗟《えんさ》を口にしながらも、それでも尚《なお》、東堂を信じるがゆえに夢之丞の臀《しり》を叩いてきたのだった。

だが、これで全てが終わった……。

いっそ、さっぱりしてよいではないか！

夢之丞は我知らず、ふっと口許を弛めた。

すると、そのとき、何を思ってか、真沙女がぽつりと呟いた。

「東堂さまは殺されたのであろうよ」

あっと、夢之丞は真沙女を見た。

まさか……。

真沙女は一体どこまで知っているのだ……。

「何ゆえ、そのようなことを……」

「あのお方は、殺されても一向におかしくないお方です。母もこれまで幾たび東堂さまを殺そうと思ったことか」

真沙女は平然と言い切った。

「母上、口が裂けても、そのようなご冗談を……」

「冗談で言うておるのではない。母は本気でそう思っていました。だが、これで、いっそすっきりしましたぞ。二度と、東堂さまが夢枕《ゆめまくら》に立つことはないだろうて……」

「では、母上もわたくしの仕官が叶うのを断念なされたのですね。それがようございます。いつまでも武家にしがみついていても始まりませんからね」

「何を申す！　戯《たわ》けたことを！　夢之丞、そなたの身体の中には、武家の血が脈々と流れているのです。東堂さまが亡くなられたことは致し方がない。だが、仕官の夢を捨ててしまうことは、この母が断じて許しませんぞ！　捨てる神あれば、拾う神もある。念じていれば、必ずや、いつか叶うものです。常住死身《じょうじゅうしにみ》、武士道の精神を忘れてはなりませんぞ！」

やれ、行き着く先は、いつもここかよ……。

夢之丞は溜息《ためいき》を吐き、あっと上目遣いに真沙女を窺った。

真沙女は鋭い目で、きっと制した。

どうやら、話題を変えたほうが良さそうである。

「母上、腹が空きました。夕餉がまだなのですが……」

真沙女は途端に相好を崩した。

「帰りが遅くなったものでな。鮨《すし》を買《こ》うて参りましたぞ。鰻《うなぎ》の蒲焼とも思うたが、鰻は冷めては美味しくないからのっ。その点、鮨なら、そなたの帰りが遅かろうとも、いつでも摘《つま》めますからね」

真沙女はそう言うと、風呂敷包みを解《と》いた。

「ほれ、どうだえ？　二十四個入りだよ。清水《きよみず》の舞台から飛び下りたような気持だったが、先日、そなたも久々に二分《にぶ》ほど入れてくれましたし、東堂さまが亡くなられ、これでまた暫《しば》しそなたの仕官への道が遠のいたと思うと、その日のためにと、これまで爪《つめ》に灯を点すような倹しい暮らしをしてきたことが、馬鹿《ばか》馬鹿《ばか》しいような……。いえ、決して、馬鹿馬鹿しくはないのですよ。だが、たまにはほんの少し、贅沢《ぜいたく》をしてもよいかと思うてのっ」

真沙女は鮨箱《すしばこ》の蓋《ふた》を開け、珍しく茶目っ気たっぷりに、片目を瞑《つぶ》って見せた。

鮨箱の中には、海苔巻《のりまき》、鉄火巻、おぼろ巻、蛤の剝《む》き身、小鰭《こはだ》、切り鯣《するめ》の七種、二十四個の鮨がぎっしりと詰まっていた。

成程、日頃の真沙女を考えれば、これは清水の舞台から飛び下りたくなるほどの、大散財である。

「おっ、美味そうではありませんか。では、頂きましょう」

夢之丞はそう言うと、鉄火巻を口に放り込む。

「おっ、山葵《わさび》が利いて、美味《うめ》ェや！」

夢之丞が鼻を摘むと、また、そのような下卑《げび》た言葉を！　と真沙女が睨む。

が、その顔には微塵《みじん》も険がなく、真沙女はいそいそと茶の仕度《したく》をした。

「母上も召し上がって下さいませ」

「そうかえ？　では、母も相伴しようかの」

真沙女はそう言い、海苔巻を摘んだ。

「いえ、そんなのではなく、蛤や小鰭、鰑といったものをお上がり下さい」

「だが、それはそなたの好物ではないか」

「何事も分け合って食べるから美味しいのです。さっ、遠慮をなさらずに、どうぞ！」

「そうかえ？　では、蛤を頂こうかのっ」

真沙女は嬉しそうに、お手塩《てしよう》（小皿）に蛤の剝き身の載った鮨を移した。

寒《かん》の入《いり》、夜更《よふ》けて、こうして母子《おやこ》で鮨を摘むことの幸せ……。

真沙女が淹《い》れてくれた焙《ほう》じ茶のせいか、夢之丞の身体をふっと暖かいものが包み込んでくる。

「母上、美味しゅうございますな」

そう言うと、真沙女は幼子のように、こくりと頷いた。

これで、真沙女が仕官への夢を捨て、今まで溜めてきた金子《きんす》を僅かでも遣ってくれたら、どんなにか生活《たつき》が楽になるだろうに……。

が、それだけは、口が裂けても言い出せない言葉であった。

「そうよのう。次は、母もほおずきとかいう居酒屋に行ってみたいのう」

真沙女が箸を置くと、何を思ってか、唐突に言う。

夢之丞の胸がきゃりと慌てふためいた。

「徳兵衛さんから聞きましたが、美味しい料理を出すそうじゃな」

「えっ、ええ、ええ……」

「何をそう驚いておる。母はこれまでそういった見世に行ったことがないが、たまには、外で食事をするのもよいかと思うてな。徳兵衛さんの話では、そなた、ほおずきの常連というではないか。では、今度は母を連れて行って下さいませ」

徳兵衛、あの口鉾《くちぼこ》が！

まさか、おりゅうのことまで……。

夢之丞がそう思ったときである。

「美人だそうだな？　ほおずきの女将というのは」

真沙女が焙じ茶を飲みながら、ちらと夢之丞を流し見る。

「えっ、ええ、ええ……」

「それは良い。美人の女将に美味しい料理とくれば、殿方なら誰しも、脚が向きとうなるというものよ」

「……」

「おや、どうしました？　箸が止まっているではないか。さあ、たんとお上がり」

「はあ……」

夢之丞は胸の漣《さざなみ》を鎮《しず》めようと深く息を吐き、小鰭へと箸を伸ばした。

冴《さ》ゆる夜《よ》、母と摘みし寒の鮨……。
そんなしょうもない句が、ふと、夢之丞の口を衝いて出た。

第三話　梅の香《か》

大和町《やまとちょう》から亀久町《かめひさちょう》に抜けようとすると、左手の武家屋敷から、甘い薫《かお》りが漂ってきた。見ると、築地塀《ついじべい》の上から梅の枝が顔を出している。

節分を過ぎ、俄《にわか》に春めいたと思ったら、なんと、はや夕東風《ゆうごち》の心憎いばかりの粋《いき》な計らい……。

夢之丞《ゆめのじょう》は立ち止まり、梅の香《か》の芳《かんば》しさに目を細めた。

蠟梅《ろうばい》が終わると、白梅《しらうめ》に紅梅《こうばい》、そして、黄梅《おうばい》と、自然は確実に春の兆しを運んできて、いつかしら、日も長くなったように感じるのだった。

とは言え、梅の薫りに誘われて、長閑《のど》やかに春の兆しを愉《たの》しんでばかりもいられない。

鉄平《てっぺい》たちと約束した七ツ（午後四時）は疾《と》うの昔に過ぎている。

夢之丞は亀久橋を目掛けて脚《あし》を速めた。

「遅《おせ》ェや、夢さん！」

案の定、夢之丞の姿を認めると、鉄平はぶんむくれたように頰《ほお》をぷっと膨《ふく》らませた。

その傍《かたわ》らに、伊之吉《いのきち》が毎度おなじみの表情の乏しい顔をして、無愛想に突っ立っている。

「済まねえ。入船町《いりふねちょう》の用事がちょいとばかし手間取っちまったもんでよ」

「ヘン、入船町の用がなんだか知らねえが、俺が受けてきた仕事より重要だとでもいうのかえ」

どうやら、鉄平は腹が減っているようである。

この男、へだるくなると途端にご機嫌斜めとなり、重箱の隅をつつくようにして、他人《ひと》の失態を論《あげつら》う性癖がある。

「おう、悪かった、悪かった。さあ、急ごうぜ。それでなくても、遅れてるんだ」

夢之丞は鉄平のお冠《かんむり》など意に介さずとばかりに、伊之吉を促す。

「なんでェ！　いっつもこうだ。夢さんは口先で謝りゃそれで事が済むと思ってんだから！」

鉄平が仏頂面をして、後れを取ってなるものかとばかりに、ちょこまかと先頭に立つ。

やれ、と夢之丞は苦笑した。

久方ぶりに、鉄平が探してきた出入師《でいりし》の仕事である。

ああして、自分が先に立つことで気が鎮《しず》まるというのだから、鉄平が旋毛《つむじ》を曲げたといっても、どうということはない。

全く以《もっ》て、これほど扱いやすい男もいなかった。

しかも、今日の仕事は、首尾良く渡引《わたりひき》がつけば、小づりが期待できるという。

鉄平の大法螺《おおぼら》でないとすれば、此《こ》の中《じゅう》滅多にない甘《うま》い話なのだった。

たった今、夢之丞が入舩町で囲い者の蕩《た》らし文に手を貸し、小づりとも呼べない細金《こまがね》を貰《もら》ったのに比べれば、雲泥《うんでい》の差……。

それなのに、女《おな》ごのしょうもない惚気話《のろけばなし》につい耳を傾けてしまい、約束の時刻に遅れてしまうとは……。

女ごに甘いのは今に始まったことでもないのだが、夢之丞は鉄平を怒らせてしまったことに忸怩《じくじ》とし、済まねえ、と腹の中で呟《つぶや》いた。

鉄平が案内したのは、東平野町《ひがしひらのちょう》の若狭屋《わかさや》という扇屋《おうぎや》であった。

なんでも、一月《ひとつき》ほど前に先代が亡くなり、見世《みせ》を継いだ娘婿が、この際、舅《しゅうと》があちこちに遺《のこ》した家作《かさく》を少しばかり処分しようと、亀久町の仕舞《しも》た屋を売りに出したところ、同じく東平野町の経師屋《きょうじや》丸辰《まるたつ》がすぐさま食指《しょくし》を動かし、とんとん拍子に売買が成立したという。

「そこまでは良かったのですよ。あの家は先《せん》に住んでいた婆《ばあ》さんが亡くなってからというもの、二年も空家のままでしたからね。建物自体も随分と古くなっていました。ですから、新たに他人《ひと》に貸すったって、あちこちに手を入れなきゃならない。それが面倒だったのか、舅が放っていたのですが、跡を継いだあたしにしても、あんな廃屋同然となった家に金をかける気にはなれません。それで、いっそこの際、手放す気になったのですが、正《まさ》な話、あんな蒲鉾小屋《かまぼこごや》同然となった家を買おうなんて物好きはいないと思っていたのですよ。ところが、丸辰が買うというではありませんか。なんでも、大きな声では言えませんが、どうやら、丸辰は妾宅《しょうたく》にと思ったようで……。そりゃね、丸辰は経師屋だ。柱や根太《ねだ》はしっかりしているのだから、餅《もち》は餅屋ってな具合で、ちょこちょこっと手を加えれば、新築とまではいかないまでも、すこしばかり鄙《ひな》びた、妾宅らしい風情が出るってもんで……。うちじゃ、相場より随分と安くしましたからね。丸辰では良い買い物をしたとご満悦だったんですよ。それが……」

若狭屋の跡取り惣二郎《そうじろう》は、煙草盆《たばこぼん》を引き寄せると、継煙管《つぎきせる》に薄舞《うすまい》を詰め、ふうと太息《ふといき》を吐《つ》いた。

「家自体は見違えるほど綺麗《きれい》になりましてね。そうなると、庭のほうにも手を入れたくなったのでしょう」

惣二郎は煙草を一服しただけで、気を苛《いら》ったように、パァンと灰吹《はいふき》に雁首《がんくび》を叩《たた》きつけた。

「それまでは、庭といっても、梅とか海棠《かいどう》といった草木が雑多と植わっていただけなんですがね。それが本格的に植木屋を呼び、小さな池まで造ろうと旦那が言い出したそうで……。ところが、池を掘るために職人が梅の位置をずらそうとして、根元が心持ち盛り上がっているのに気がついた。梅の根が張ったにしても、まるで土饅頭《どまんじゆう》みたいな形に合点《がてん》がいかず、とにかく梅を移植するために掘り起こそうということになったそうです。ところが、あなた、根元を掘り起こしてみると……」

惣二郎は心ありげに眉根《まゆね》を寄せた。

「骨が……、人の骨が出てきたというではありませんか」

「人の骨？　ええっ、髑髏《しやれこうべ》！」

鉄平が女《おな》ごのように裏返った声を出す。

「随分と時を経た骨のようで、かなりぼろぼろになっていたそうですが、伊勢崎町《いせざきちよう》の親分やお役人の話では、骨の大きさや太さから推測して、四十路男《よそじおとこ》のものであろうと……」

「で、誰なのだ、その男ってェのは」

夢之丞が訊《たず》ねる。

「さあ、それが……。何しろ、丸辰が買うまで、あそこはうちの家作でしたからね。あたしも奉行所に呼ばれて、あれこれと糺《ただ》されたのですがね。あたしが若狭屋の婿に入ったのは三年前……。その頃、六十路《むそじ》絡みの婆さんが住んでいたことは知っていますが、その婆さんが翌年亡くなっちまってからは空家のままで、それ以前のこととなると、家内もよく知らないと言いましてね。何しろ、あの家を婆さんに貸した舅がもうこの世にいないのですから、如何《いか》に奉行所に糺されようと、皆目判《わか》りません」

「だが、人別帳を調べれば、誰が住んでいたか判るであろうに」

夢之丞がそう言うと、惣二郎は首を振った。

「無論、調べました。けれども、あの家作には二十年以上も前から、お陸《りく》という婆さんが一人……。いえ、その頃はまだ婆さんになっていなかったでしょうがね」

ふむ……、と夢之丞は懐手《ふところで》に首を傾《かし》げた。

「ところで、その婆さん、何をして生活《たつき》をしていた？　古いといっても、庭付きの仕舞た屋となれば、店賃《たなちん》も棟割長屋《むねわりながや》とは比較にならないであろう？　俺なんぞ、高々八百文の店賃を払うのにも青息吐息だというのによ。女ごの身で、しかも、その歳《とし》で、よく金が続くものだと思ってよ」

「ええ、勿論です。そう思われても不思議はありません。ですが、お陸というあの婆さん、毎月晦日《みそか》にはきっちり店賃を払っていましたからね。とは言え、うちは相場より幾分安く、一分一朱……。一戸建てなのに、二階付き割長屋程度の店賃しか貰っていませんからね。で、その金がどこから出るのかといえば……。判りません」

「判らないだと！　おいおい、若狭屋ではどこから出たのか判らねえ金を貰って、それでよく平気でいられたな！」

夢之丞の言葉尻が多少きつかったのであろう、惣二郎の頰が引きつった。

「平気と言われましてもね。店子《たなこ》が毎月きっちり店賃を払うのに、その金はどこから出たかなんて質《ただ》せるはずがないでしょう？　きっと、先代もそう思ったから、詮索《せんさく》しなかったのだと思いますよ。それに、これは大番頭から聞いた話ですが、お陸が亀久町の仕舞た屋に入った頃、旦那がいたそうでしてね。なんでも木曾《きそ》の山師《やまし》とかで、ちょくちょく木場《きば》に脚を運んでいたそうでしてね。随分と金回りが良かったようで、櫓下《やぐらした》で遊女をしていたお陸を身請《みう》けして、亀久町に住まわせた……。ところが、この男、他に女ごでも出来たのか、亀久町にすっかり寄りつかなくなりましてね。大番頭の話では、旦那から手切金をたんまり貰ったんで、それで食うに事欠くことがないのだろうと……。それを聞いて、あたしも成程と納得したのですがね」

惣二郎の答えに、夢之丞も鳩尾《みぞおち》の辺りで澱《よど》んでいたものが、ほんの少しだけ消えたように思った。

だが、まだ何かが引っかかる。

「おまえさんの話で、ようやく辻褄《つじつま》が合ってきた。が、もう一つ、しっくり来ないのは、何ゆえ、誰も、梅の根元から出てきた髑髏を、お陸の旦那と疑わないかということだ」

「ええ、勿論、疑いましたよ。いえ、あたしではなく、伊勢崎町の親分やお役人がですが……。けれども、奉行所の調べでは、木曾の旦那というのは、二十年ほど前に山に入ったきり、戻らなくなったそうで……。一緒に山に入った連中の話では、大雨の後だったので、泥濘《ぬかるみ》に脚を取られて、谷底に落ちたのではないかと……」

「なに、行方《ゆくえ》不明？　谷底に落ちただと？　で、死体は上がったのか」

「さあ、どうでしょう。けれども、一年後、野辺送りをしたそうで……。いえ、これらは何もかも熊伍《くまご》親分から聞いたことでして、木曾のことは、親分に聞いて下さいまし」

「では、梅の根元から出てきた髑髏は、一体……」

「さあ……。お陸が死んだ現在《いま》となっては、何ひとつ解《わか》りません。奉行所では誰からも訴えがあったわけではないので、身元不明者として処理したようです。それでですね、これからなのです。あたしが皆さま方に頼みたいのは……」

惣二郎は改まったように声作《こわづくり》すると、夢之丞を、鉄平を、伊之吉をと、舐《な》めるように見回した。

「こんな騒動があったものですから、丸辰がいちゃもんをつけてきましてね。縁起でもない、髑髏が埋まっていたような家が買えるものか。気色《きしょく》悪くて住めたものじゃないと、まるで、うちが丸辰を騙《だま》したみたいに詰《なじ》り、詐欺《さぎ》にあったようなものだ、この話はなかったことにしてくれと言い出しましてね。しかも、払った金を全額返せば済むというものじゃない……、とこうきたのですよ。丸辰ではあの家に手を入れ、まるで新築みたいに改装しましたからね。随分と金がかかったと思います。それは解るのですが、その金までをうちに払えと言われたのでは……。だって、そうでしょう？　家を売った代金をそっくり返すのは吝《やぶさ》かでないとしても、改装をしたのは、あちらさまの勝手……。それなのに、改装費まで払わされて、そのうえ、あの家を引き取ったとして、どうします？　新たに店子を募《つの》るといっても、この界隈《かいわい》で、あの家を借りましょうか。そうなれば、うちは大金を叩《はた》いたうえに、またこの先何年も、あの家を空家にしておかなければならなくなります。お恥ずかしい話ですが、あの家を売りに出したのも、此の中、見世の遣《や》り繰《く》りが手詰まりになっていましてね。とても、そのような余裕《ゆとり》はありません。それで、半井《なからい》さまにお頼みすることにしたのです。ひとつ、丸辰との間に入って、渡《わたり》をつけてもらえないでしょうか？　無論、うちは丸辰から貰った金をそっくりお返しします。それで、どうか勘弁《かんべん》してもらいたい……。そう話をつけて下されば、半井さまに三両お払い致しましょう。五両と言いたいところですが、先程も申しましたように、うちも内証《ないしょ》が厳しく……」

惣二郎は恐縮したように、何度も頭を下げた。

三両……。

その言葉に、思わず夢之丞の頬が弛《ゆる》みそうになる。

が、そこはぐっと堪《こら》えて、

「解りました。では、こちらさまの意向を先方に伝え、合意してもらえるように渡引しましょう」

と言った。

若狭屋を出たときには、六ツ半（午後七時）を廻《まわ》っていた。

丸辰が若狭屋と同じく東平野町にあるとはいえ、これから訪ねるのは、如何になんでも遅すぎる。

「やはり、丸辰は明日にしよう」

そう言うと、鉄平がぽんと手を打った。

「そうこなくっちゃ！　俺《おり》ゃ、腹がへだるくなっちまった！　なんか食おうぜ」

「では、三桝《みます》にでも行くか」

「合点承知之助《がってんしょうちのすけ》！　じゃ、おいら、ちょいとひとっ走りして、席を取っておくぜ！」

鉄平は根っから後生楽《ごしょうらく》な男である。

夢之丞が約束の時刻に遅れたとぶんむくれたことなどすっかり忘れ、頭の中は、小づりと、取り敢《あ》えず空腹《からはら》を満たすことで一杯のようである。

「おう、待ちな！　その前《めえ》に、おまえがひとっ走りしなくちゃなんねえのは、伊勢崎町の親分のところだ」

夢之丞が駆け出そうとする鉄平の肩を、ぐいと引き戻す。

「伊勢崎町の親分て……。えっ、熊伍親分のところにかよ？　なんで、また……」

「なんでもへったくれもあるもんか！　俺たちゃ、明日、丸辰と渡引をする。だが、その前《めえ》に、親分から訊《き》きてェことがあってよ」

「訊きてェことって……」

「このへちむくりが！　決まってるじゃねえか。夢さんはお陸の旦那のことを知りてェのよ！」

夢之丞に代わって、伊之吉がどす声を上げる。

「そういうことだ。若狭屋と丸辰との渡引には関係ねえかもしれねえが、髑髏のことがどうも気になってよ。熊伍親分が何か知っているのなら、俺たちもお陸や旦那のことを解ったうえで、渡引に入りてェと思ってよ。なに、親分が留守なら、それはそれで仕方がない。かみさんに五ツ半（午後九時）頃まで三桝にいるので、それまでに帰《けえ》って来るようなら、ちょいと見世を覗《のぞ》いてくれと伝えてくんな」

「よいてや！　じゃ、おいらの代わりに河豚擬《ふぐもどき》と焼飯《やきい》を注文しておいてくれよな。やれ、行廻《ゆきまわり》かん廻《まわり》（行ったり戻ったり）、忙しいこった！」

鉄平は言うが早いか、もう駆け出している。

「あの野郎、河豚擬ときたぜ！　他人《ひと》の銭だと思って、いけしゃあしゃあと……。ところで、夢さん、銭は？　銭を持ってんのかよ。言っとくが、俺ャ、すかぴんだぜ」

伊之吉が探るような目で、夢之丞を見る。

「ああ、委《まか》せときな。おまえたちの腹を満たすくれェの金は持っている」

夢之丞はぽんと懐《ふところ》を叩いてみせる。

財布の中には、小粒《こつぶ》（一分金）が一枚と、小白《こじろ》（一朱銀）が数枚……。

小粒は、今朝、出しなに何を思ったか、真沙女《まさじょ》がくれたものである。

「夢之丞、そなた、金はお持ちかえ？」

大小を腰に差し、出掛けようとしたその背に、真沙女がそう問いかけてきた。

「いえ……」

咄嗟《とっさ》に、そう答えた。

全くないということもなかったが、金があるかと訊かれて、馬鹿正直《ばかしょうじき》にあると答えるほど、夢之丞は素直ではない。

しかも、ないと答えて、それでは少し持って行くかと言うような真沙女でないことも、夢之丞は充分すぎるほど知っている。

ところが、この日の真沙女は少し違った。

「では、少し持って行きますか？」

夢之丞はあっと振り向いた。

まさか、真沙女からこのような言葉が返ってくるとは、思ってもいなかったのである。

「どうしました？　母が金を持って行けと言うのが、そんなに不思議かえ？　男というもの、一歩表に出れば、何が起きるやもしれません。恥をかかないだけの金は身に着けていなければのっ」

真沙女はそう言い、蝦蟇口《がまぐち》から小粒を一枚取り出した。

「それは有難《ありがた》い話ですが、宜《よろ》しいのですか？　万が一のためには、母上が襟《えり》に縫《ぬ》いつけて下さった、一両がありますが……」

「その金が必要となるのは、余程のとき……。母が言うておるのは、そこまでではないとき……。つまり、突然、知人と会食をしなければならなくなった、そういうときのことを言うておる」

「……」

一体、真沙女はどうかしたのであろうか。

真沙女の言う、そういうときとは、これまでに数えきれないほどあったのである。

「如何《いかが》した？　嬉《うれ》しくないのですか」

「いえ、嬉しゅうございます」

夢之丞は取ってつけたように、笑《え》みを顔に貼《は》りつけた。

ところが、夢之丞にしてみれば、真沙女に晦日に月が出るようなことをされたのでは、どうにも尻こそばゆくて敵《かな》わない。

考えることは、さあ、この金をどう遣《つか》おうかということばかり……。

まさか、鉄平や伊之吉を腹中満々《ふくちゅうまんまん》にするために遣うとは思ってもみなかったが、これも真沙女の言う、知人と会食のひとつには違いない。

ままよ……乗りかかった船。

いっそのやけ、河豚擬でも鉄砲汁《てっぽうじる》でも、この際、パッといこうじゃないか！

が、その刹那《せつな》、胸がちくりと疼《うず》いた。

いつか仕官する日のためにと、それこそ爪に灯《ひ》を点《とも》すようにして、これまで倹《つま》しい暮らしに堪《た》え忍んできた、真沙女……。

それなのに、先日の鮨《すし》といい、今朝の小粒といい……。

今までの真沙女には、到底、考えられないことであった。

やはり、真沙女には、東堂内蔵助《とうどうくらのすけ》という頼みの綱が切れたことが、想像以上に堪《こた》えたのであろうか……。

申し訳ありません、母上……。

夢之丞はつと過《よ》ぎった真沙女への想《おも》いを振り払うと、

「おっ、どしてェ、さあ、行こうぜ！」

と伊之吉を促した。

熊伍親分が三桝に現われたのは、銚子《ちょうし》を三本ほど空け、芝煮《しばに》や河豚擬を粗方《あらかた》平らげたときであった。

「おう、随分と豪気《ごうき》じゃねえか。そいつァ、鉄砲汁か?」

熊伍は鉄平が喉《のど》を鳴らして煮汁を飲み干すのを見て、顎《あご》をしゃくった。

「いえ、河豚擬です。どうです? 親分も。今日の擬《もどき》は馬面《うまづら》(カワハギ)に鯛《たい》。結構、いけますよ」

夢之丞が勧《すす》めると、熊伍はにっと嗤《わら》った。

「擬か。そいつァいいや。では、ご馳《ち》になるとしようか。実を言うと、俺ャ、河豚だけは苦手でよ。腸《はらわた》や血を食わなきゃ大丈夫《でえじょうぶ》だというが、天骨《てんこち》もねえ! 俺ャ、この目で、引きつけを起こして死んじまった野郎を見てるんだからよ。大枚を積まれ、頭を下げられたって、俺ャ、まっぴだぜ!」

じゃみ面《づら》の熊伍が渋面《じゅうめん》を作ると、それこそ、蝦蟇《がま》のようになる。

「ところでよ、久し振りじゃねえか。おめえさんが用があるってんで、すっ飛んで来たんだが、どうしてェ、何があった?」

熊伍は駆けつけ三杯とばかりに盃《さかずき》を空けると、夢之丞にひたと目を据えた。

「相変わらず、親分は単刀直入だな。では、俺も単刀直入に……。親分は若狭屋の家作から男の髑髏が出てきたことを、ご存知ですよね?」

「おう、あれか。知っているが、それがどうした? あの件は身元不明者として、片がついたはずだが……」

「だが、それは事務処理上のこと。あの家には、二十年以上も前からお陸という女ごが住んでいて、梅の根元から掘り出された骨は、二十年ほど前のもの……。その間、あの家にはお陸以外の誰も住んじゃいねえ。となれば、あの髑髏はお陸に関わる男……。若狭屋の大番頭の話によると、お陸があの家を借りて暫《しばら》くは、木曾の山師をしていた旦那がちょくちょく出入りしていたそうだ。しかも、その男は二十年ほど前に、行方不明になったという……。ここまで筋道が立てば、当然、あの髑髏はその男と考えてもよいはず。それなのに、何ゆえ、町方はこれを放っておく？」

「置きゃあがれ！　何が放っておくだ。俺だって、ちゃんと調べたさ。木曾に遣いを立て、男の身辺を洗った。ところが、久蔵《ひさぞう》というその男、仲間と一緒に山に入《へえ》ったきり、戻って来ねえというじゃねえか。丁度、野分《のわき》が過ぎたあとでよ。随分と山が荒れていたそうだ。てっきり、脚を滑《すべ》らせて谷底に落ちたのだろうと、村を挙《あ》げて捜索したそうだ。ところが、神隠しにでも遭《あ》ったみてェに、久蔵の姿はどこにもなかった。まっ、川に流されたってことも考えられるからよ。それで、一年後、家族は葬式を出した……。それで久蔵の身内は全員納得してるんだ。それによ、木曾に遣わせた男が言うには、久蔵という男、どうやら、お山の大将だったらしくてよ。家族ばかりか、仲間内でも大尽風《だいじんかぜ》を吹かせ、男気《おとこぎ》はあるんだろうが、奴の前に出ると誰一人として頭が上がらなかったそうでよ。そんな男だから、奴が姿を消しても、哀《かな》しみよりも安堵《あんど》のほうが先に立ったのだろうて。誰もが不思議なほどさばさばした顔をしていたとよ。なっ、そんな按配《あんばい》だというのに、今更、深川亀久町の仕舞た屋から掘り出した髑髏は、久蔵のものじゃねえかなんて言えるわけがねえ……。しかもだ、肝心《かんじん》のお陸がくたばっちまったんだぜ。現在《いま》となっちゃ、手も脚も出ねえのよ」

熊伍がそう言ったとき、河豚擬が運ばれてきた。

「おう、これこれ。美味《うま》そうじゃねえか」

熊伍はそう言うと、馬面の切身を垂《た》れに浸《つ》け、口に運ぶと、熱《あち》ィ！　と大声を上げた。

「親分、誰も盗《と》りャしねえからよ。ゆっくりと食いな！」

鉄平がひょうらかすと、熊伍はじろりと睨《ね》めつけた。

「親分の話は解った。だが、久蔵の家族が納得したといっても、それで親分も納得したというのかよ！」

「するわけがねえだろうが！」

熊伍は馬面を口に運ぼうとして、手を止めた。

そうこなくっちゃ……。

夢之丞も身体《からだ》を乗り出す。

「やはり、そうか。いや、俺は親分がこんなことで納得するはずがないと思ってよ。それで、どうなんだ。親分の考えを聞かせてくれないか？」

「………」

熊伍は再び箸《はし》を動かすと、黙々と食い、木杓子《きじゃくし》で汁《つゆ》を掬《すく》い、ずずっと飲み干した。

夢之丞たちは息を詰め、そんな熊伍を瞠《みつ》めていた。

「俺ャよ、木村《きむら》さまからこの件はもう終《しめ》ェだと言われても、このままじゃ、どうにも引き下がれなかった。確かに、木村さまが言うように、肝心のお陸は死んじまっているし、久蔵の身内がなんら不審に思ってねえんだから、真《まこと》のことが判ったところで、どうにもなりゃしねえ。けど、すっきりしねえじゃねえか。それで、二十年前からあの界隈に住んでいる者に片っ端から当たってみたのよ。とは言え、二十年も昔のことだ。当時を知った者は既に死んじまってるか、生きていたって、てめえの歳も判らねえほどに耄碌《もうろく》しちまってよ……。が、一人だけ、当時、あの家に二十歳《はたち》そこそこのお端女《はした》が住み込んでいたことを憶《おぼ》えていてよ。そいつの話じゃ、女ごはおふきという名で、現在《いま》は本所本法寺《ほんじょほんぽうじ》の門前で茶汲《ちゃくみ》女《おんな》をしているというじゃないか。俺ャ、早速、おふきを当たってみた……」

熊伍はそこまで言うと、ふうと肩息を吐いた。

「これが辛《つれ》ェ話でよ……」

熊伍は盃に残った酒を一気に呷《あお》ると、おふきから聞いたことを話し始めた。

当時、お陸は四十二歳。女としてはとっくに水気がなくなり、久蔵との間に別れ話が出ていたのだという。

おふきは泣きながらも、終始、お陸を庇《かば》った。

「おかみさんが悪いんじゃない。おかみさんは心底旦那さんに惚《ほ》れきっていなさった。それなのに、品川宿に女ごが出来た。猟師町《りょうしまち》に妾宅を構えることになったんで、ここにはもう来られない。手切れ金として、おまえに百両やるから、綺麗さっぱり切れてくれって……。おかみさんにはそんなことが許せるわけがない！　あたしは金が欲しいんじゃない、おまえさんが欲しいんだ！　そう言って、それはもう、見ていて辛くなるほど、旦那さんに縋《すが》りついてさ……。旦那さんもそこまでされると不憫《ふびん》になったのか、ではもう一日と、別れる日をずるずると一日延ばしにしていらっしたのだけど、あの日、あたしが買い物から帰ってみると、居間からおかみさんの泣き叫ぶ声が聞こえてきましてね。あたし、ああ、またか……、と思ったもんだから、居間に入らず、厨《くりや》でほとぼりが冷めるのを待っていたんです。そしたら、後生一生のお願いだ、おまえさん、死んでもあたしを放さないと言ってくれたじゃないか、とおかみさんの声がして、次の瞬間、ああっ、おまえさん、どうしちまったって、おかみさんが悲鳴を上げなさって……。それで、驚いて、あたしが居間に駆けつけてみると、旦那さんが真っ青な顔をして、畳に蹲《うずくま》っていましてね……。一体、何が起きたんだか……。おかみさんも狼狽《うろた》えるばかりで……。医者を呼ぶことも忘れて、あたしたち、茫然《ぼうぜん》と立ち竦《すく》んでいたんです。旦那さんの身体が動かなくなったのは、それから間もなく……。そのときになって初めて、これは大変なことになったと……」

おふきはそう言い、わっと前垂《まえだ》れで顔を覆《おお》った。

「その時点で、久蔵は死んでいたというのだな？」

熊伍が訊ねると、おふきはこくりと頷《うなず》いた。

どうやら、久蔵はお陸と揉《も》み合っているうちに心《しん》の臓《ぞう》の発作を起こしたようである。

だが、女ご二人では、どうしてよいのか解らない。

互いに、どうしよう、どうしよう、と言い合っているうちに、久蔵は事切れたのだという。

だが、そこからお陸が取った行動に、熊伍は驚かされた。

お陸は冷たくなった久蔵の身体を閨《ねや》まで運ぶと、おふきに蒲団《ふとん》を敷かせ、久蔵を抱き締めて横になったという。

そればかりか、自身番《じしんばん》に知らせようというおふきの言葉にも、頑《がん》として首を縦に振ろうとしなかった。

「この男《ひと》はね、木曾の本宅でもなく、品川宿でもなく、このあたしの傍《そば》で生命《いのち》を全うしてくれたんだ。どうだえ、ようやく、あたしだけの男になってくれたんだよ。もう放さない！　あたしが死ぬまで決して放しやしない……。そう言いなすって……。でも、それでは本宅や品川の女《ひと》が騒ぐのではと言うと、この男《ひと》がここで死んだことを誰も知りやしない。おまえさえ黙っていてくれたなら、決して誰にも知れやしないんだよって……。けど、あたし、怖くって……。それに、二、三日ならまだしも、次第に死体から悪臭が漂うようになって……。それでも、おかみさんは旦那さんから離れようとなさいませんでした。それで、あたし、言ったんです。このままでは、きっと周囲《まわり》の者に感づかれてしまう。それより、おかみさんとあたしで旦那さんを弔《とむら》ってあげませんか？　おかみさんの傍に、そう、庭に葬ってあげれば、いつもおかみさんと一緒にいることになるし、あたしは今後も決して口外しませんからって……」

「それで、梅の根元に埋めたんだね」

熊伍がそう言うと、おふきは泣き腫《は》らした目で、じっと熊伍を瞠めた。

「おかみさんの権兵衛名《ごんべえな》（源氏名）が、梅園《うめぞの》っていうのを知っていました？　おかみさんね、この家を借りようと思ったのも、梅の木が植わっていたからだし、あの木はあたしの木。旦那さんはあたしの根元で眠って下さるんだよと言いなすって……。その後、あたしは暇を貰いました。そのとき、おかみさんが下さったのが、十両の餞別《せんべつ》でした。旦那さんが手切れ金としておかみさんに渡そうとなさった百両の中から、口止め料として、下さったものと思います」

「おめえよォ、十両貰ったからって、そのまま頬っ被《かぶ》りしたんじゃ、おめえもお陸の罪の片棒を担《かつ》いだことになるんだぜ！」

熊伍が声山《こえやま》を立てると、おふきは呆然《ぼうぜん》とした。

「罪？　心の臓の発作で死んだ旦那さんを葬って、それでどうして罪になるんですか？」

「番屋に届け出なかったじゃねえか」

「旦那さんは江戸の住人ではありません。江戸に人別帳のない者を届け出なければならないなんて、あたしもおかみさんも知りませんでした」

「だが、それでも、人の生き死には届け出なければならねえんだよ！　ましてや、死者は手篤《てあつ》く葬り、供養しなくちゃならねえんだ」

「しましたよ！　おかみさんは心を込めて、そんじょそこらの坊主には負けないくらい、いえ、それ以上に供養なさいました。だから、あたしが亀久町を出てからもあの家に残り、最期《さいご》まで、旦那さんと運命を共にされたのではありませんか。あたしは亀久町を出てからも、今日までこのことは誰にも口外しませんでした。口止め料を貰ったからではありません。おかみさんの旦那さんに対する想いが、解りすぎるほどに解ったからです。このことが罪になるというのなら、悦《よろこ》んで、罰を受けます。あたしは現在《いま》でも自分のしたことに後悔していません」

おふきは全《すべ》てを吐露《とろ》してしまうと、憑物《つきもの》でも落ちたかのように、爽《さわ》やかな笑みを見せた。

「とまあ、こういうわけでよ。男と女ごの関係ばかりは端《はた》じゃ解らねえからよ。傲慢《ごうまん》すぎて、木曾じゃ煙たがられていた久蔵だが、お陸にとっては掛け替えのない男だったのだろうて……。他人《ひと》には傲慢と映ることでも、お陸には男気と映る。それが鰯煮《いわしに》た鍋《なべ》（離れがたい関係）というのだろうが、色恋もここまで濃厚ときたんじゃ、遣り切れねえわな……。俺もよ、真相を知ってみると、なんだか切なくなっちまってよ。これ以上、探るのは止《よ》そうって気になった……。そりゃそうだろ？　お陸も久蔵も亡くなっちまった現在《いま》、俺が一人で騒いだところでしょうがねえもんな」

「成程……。だがよ、もう一つ腑《ふ》に落ちねえことがある。久蔵は山で行方不明になったのだろう? その久蔵がどうして亀久町にいた? まさか、行方不明に見せかけて、一人で山を下りて、深川まできたというのかよ」

「その可能性は否定できねえ。久蔵という男、何を考えているのか解らねえ、気紛《きまぐ》れな男というからよ。山に上《のぼ》ってはみたものの、突然気が変わり、何がなんでも、この際、お陸と決着をつけたくなり、誰にも告げずに山を下りたのかもしれねえし、神のみぞ知る……。まっ、いずれにしても、久蔵は敢えて行方不明になり、結句、亀久町の仕舞た屋で果てた……。そういうこった」

熊伍はそう言うと、改まったように、で、今宵はご馳になっていいのかよ、と訊ねた。

「勿論だ。なんなら、もっと頼むかい?」

「おっ、その気があるのなら、早く言えよな。なんだか、おめえに話しちまったら、やけに腹が空《す》いてきたぜ。おう、ねえさん、酒と深川飯《ふかがわめし》を頼まァ!」

熊伍は小女《こおんな》に手を上げると、夢之丞にへへっと肩を竦めて見せた。

知れば知るほど、この男、顔に似合わず善《よ》い男である。

袖《そで》すり合うも多生《たしよう》の縁……。

当初、夢之丞に抱《いだ》いていた敵対心などどこにもなく、現在では、まるで十年も昔からの友のような顔をして、坐《すわ》っている。

ふと、お陸を想った。

お陸は久蔵との多生の縁が強すぎたがために、片時も離れたがらなかったのかもしれない。

が、それもまた哀しいではないか……。

夢之丞がそう思ったときである。

まるで、腹を読んだかのように、熊伍が呟《つぶや》いた。

「けどよ、それほど久蔵を慕《した》ったお陸が、死んでから離れ離れにされちまったんだからよ。

それを想うと、不憫でよ」

「そうだ。お陸の墓はどこに？」

「さあてね。大家の若狭屋にでも訊いてみることだな」

「では、梅の根元から掘り出した骨は？」

「さあて、そいつも、奉行所に訊いてみなきゃ判らねえが、遺体というわけでもなく、あれほど朽《く》ち果てた髑髏だ。大方、粉々にされ、そこら辺りにばら撒《ま》かれたのだろうて……」

熊伍はつるりとした顔で言うと、小鉢に残った河豚擬の汁をずずっと啜《すす》った。

「……………」

「……………」

翌日、夢之丞たちは丸辰を訪れた。

丸辰は若狭屋が仙台堀《せんだいぼり》に面しているのに比べ、東平野町も東の外れ、山本町に隣接した新道《しんみち》にあり、商いをするにはあまり恵まれているとはいえなかった。

が、このご時世に妾宅を構えようというのであるから、余程内証がいいようで、傍目《はため》にも、どこかしら、見世全体に活気が漲《みなぎ》っているように思えた。

見世の間口はさほど広くないが奥行があるようで、表看板に御経師丸辰とあり、その横に、達磨《だるま》の絵が描かれている。

江戸の経師屋は、看板に達磨の絵を描くことが多い。

聞くところによると、表具《ひょうぐ》や掛軸《かけじく》などが弛《たる》まないにかけて、だるま、つまり、達磨になったという。

夢之丞が訪《おとな》いを入れると、一目で客ではないと見抜いたのか、手代が品定めでもするかのように、胡散臭《うさんくさ》そうに夢之丞たちを窺《うかが》った。

「若狭屋の件で、主人《あるじ》に話があって来たのだが……」

そう言うと、手代はあっと挙措《きょそ》を失い、慌てふためいたように、奥へと駆け込んで行った。

そのまま店先で待たされること、四半刻《しはんとき》（三十分）……。

ようやく中に通され、仕事場の脇を通って、見世の裏手に当たる母屋《おもや》へと案内された。

丸辰の主人辰五郎《たつごろう》は五十路《いそじ》半ば、細面で、上品な面立《おもだち》をしていた。

「さようにございますか。若狭屋さんがねえ……。まさか、出入師《でいりし》を間に入れるとは思ってもいませんでしたが、まっ、いいでしょう。それで、先さまはなんと？」

辰五郎は夢之丞たちに茶を勧めると、ちらと襖《ふすま》のほうに目をやった。

どうやら、隣室を気にしているようである。

すると、お内儀《ないぎ》が襖の傍で耳を欹《そばだ》てているということか……。

夢之丞がそう思い、なんなら場所を変えてもいいが、と言うと、辰五郎は照れたような笑いを返した。

「なに、構やしません。どうぞ、なんでもおっしゃって下さいまし。あたしが亀久町に妾宅を構えようとしたことは周知のことですし、あたしもあんな形でケチがついてしまったものですから、途端に、目から鱗《うろこ》が落ちたというか、やはり、身の程知らずのことはするもんじゃないと……。そう思うと、女ごに逆上《のぼ》せ上がっていたことが嘘《うそ》のように、すっかり冷めちゃいましてね。此度《こたび》のことも、神さまからのお叱《しか》りのように思いましてね。へっ、女ごともきっぱり手を切りました。そんなわけですから、忌憚《きたん》なく、なんでもおっしゃって下さいまし」

「では、若狭屋の言い分をありのままに伝えましょう。若狭屋では、あの家を売却したとき、庭に人の骨が埋まっているとは全く知らなかったそうです。これは事実です。わたくしも間に入る者として、その点が気にかかりましたので、少し調べてみましたが、伊勢崎町の親分の話では、当時住んでいたお陸という女ごが何もかも一人でやったことと判明しれぐれも誤解のなきよう説明してくれと、若狭屋から申しつかっています。では、若狭屋の申し出をお伝えしましょう。あの家は一旦売買が成立したもの……。但《ただ》し、知らなかったこととはいえども、こちらに不快な思いをさせてしまったのだから、こちらから頂いた金は全額お返ししよう。それで、どうか勘弁してほしいとのことです。なんでも、こちらでは売買費用を全額返したうえで、更に、家の改装費まで請求しているというが、それは、間に入ったわたしが考えても、些《いささ》か理道《りみち》に外れているように思うのだが、どうだろう？　家の改装をしたのは、おまえさんの勝手……。あの家が使い物にならなくなったとしても、そこまで若狭屋に請求するのは、如何になんでも、若狭屋が気の毒というものだ。どうだろう、ここはひとつ、若狭屋の言い分を呑《の》んでもらえないだろうか。まっ、言ってみれば、若狭屋はただであの家を丸辰に譲ったようなものなのだから……」

「お待ち下さいませ。冗談じゃありませんよ！　ただで貰ったところで、使い物にならなければ、あんな家、足手纏《あしでまと》いになるだけではありませんか。しかも、ただの足手纏いではなく、うちでは、その足手纏いに金まで遣っているのですからね！　そりゃね、仰《おお》せのように、改装したのはあたしどもの勝手です。けれども、おまえが勝手にやったことだから、仕方がないだろうと言われましても……。若狭屋ではあの女ごがしたことを知らなかったこととひと言で片づけますが、あたしに言わせれば、大家が知らなかったでは済まされないってことですよ。大家といえば親も同然……。店子一人一人の行動にまで責任があるということです。大体、老いた女ごが一人住まいをしているとなれば、時折訪ねて行き、元気にしているだろうか、変わったことはないだろうか、と案じてやるのが、道理でしょうが！　それを何十年も放っておいて、そのうえ、知らなかったことと頰っ被りをして、あたしに曰《いわ》く付きの家を売りつけたんですからね。あたくしどもの身にもなって下さいよ。家の代金が返ってきたとしても、使い物にならない家を抱えたまま、この先何年も悔《くや》しい想いで過ごさなきゃならないのですよ」

辰五郎という男、一見、穏和に見えて、これがなかなかの一徹者《いってつもの》である。

どうやら、辰五郎は金の額ではなく、厄介《やっかい》なものを背負わされたことに業《ごう》を煮やしているようである。

「だが、こう考えてみてはどうだろう。今し方、おまえさんは身の程知らずのことはするものではない。目から鱗が落ちたようだ、これは神さまからのお叱りではないかと思う……。確か、そう言ったよな？　仮に、すんなりとあの家がおまえさんの手に入ってみな？　今頃は、おまえさんとお内儀との間に波風が立っていたかもしれないんだぜ。そう思うと、此度のことは教訓と思うことだな。考えてもみな？　此度のことで、損害を受けたのは、おまえさんだけではないのだ。若狭屋も同じく損をしたのだからよ。わたしに言わせれば、寧《むし》ろ、おまえさんのほうが得をしているのよ。梅の根元から髑髏が出てきたお陰で、おまえさんは過《あやま》ちを犯さずに済んだのだし、気に染まないだろうが、亀久町に仕舞た屋が持てたんだ。第一、お内儀を心《しん》から悦ばせることが出来たんだぜ。それを忘れちゃいけない。なあ、お内儀、そうであろう？」

夢之丞は襖に向かって、態《わざ》と声を張り上げた。

襖がするりと開いた。

案の定、聞き耳を立てていたのであろう。

髷《まげ》に白いものを蓄《たくわ》えた女が、深々と頭を下げていた。

「よくぞ言って下さいました。胸の支《つか》えが下りたように思います」

女はそう言うと、目を上げた。

ふわりとした、優しい笑みを湛《たた》えている。

辰五郎はばつが悪そうに、咳《しわぶ》きを打った。

「半井さまといいましたかな？　成程、あたしも半井さまの話を聞いていて、少しばかり、気持が治まりました。よござんしょ。若狭屋の言い分を呑みましょう。考えてみれば、此度のことは若狭屋にとっても、当方にとっても、大痛事《おおいたごと》……。だが、さて、あの家を一体どうしたらよいものか……」

辰五郎が思案投げ首とばかりに、腕を組む。

「家というものは、人が住まないと、瞬《また》く間に荒《すさ》むといいますからな」

「家作として、お貸しになればどうでしょう」

「まさか……。何年も人の骨が庭に埋まっていたような家ですよ。気色悪がって、誰も借りたがりませんよ」

「ですから、店賃をうんと安くするのですよ。改装費に幾らかかったかなんて欲を出してはいけません。店賃を安くしたところで、家自体をただで貰うのですから、いつかは改装費の元が取れるというものです」

「店賃を安くしたら、借り手があるでしょうか」

「さて、そいつはわたくしにも判りませんが、蓼《たで》食う虫も好き好き……。妖怪《ようかい》だの迷信だのを信じない者もいれば、逆に、そういったものが好きな下手物《げてもの》趣味の者もいますからね。何はともあれ、店賃が安ければ、それはそれで魅力というものです」

「おお、嫌だ！　俺ャ、嫌だ！　仮令《たとえ》、店賃がただだと言われたって、俺ャ、化物《ばけもの》が出るかもしれねえ家なんて、まっぴだぜ！」

それまで黙って聞いていた鉄平が、突然、耳を塞《ふさ》いで鳴り立てる。

「鉄、この藤四郎《とうしろう》が！」

辰五郎の顔からさっと色が失《う》せたのを見て、夢之丞が慌てて鉄平を睨《にら》みつける。

「済みませんねえ。この莫迦《ばか》の言うことなど気にしないで下さいませ。なに、大丈夫ですよ。わたしもあちこちを当たってみますし、伊勢崎町の親分にも声をかけてみます」

「では、ひとつ宜しくお頼み申します。勿論のこと、店子を見つけて下さいましたならば、それ相応の謝礼をさせてもらいますので……」

辰五郎がそう言うと、お内儀が胸の間《あわい》からそっと紙包みを取り出した。

「些少《さしょう》にございますが……」

「これは?」

「なに、大して入っちゃいません。出入師に間に入ってもらったというのに、手ぶらで帰らせたとあっては、この丸辰の名が廃《すた》りますからね。どうか、お心置きなく、受け取って下さいまし」

辰五郎はお内儀から紙包みを受け取ると、夢之丞の前に差し出し、頭を下げた。

恐らく、一両であろう。

夢之丞は、いえいえ、お気遣《きづか》いなく、と言い、胸の内でにたりと笑った。


腰高障子を開けると、ウッと梅の匂いが鼻を衝《つ》き、噎《む》せ返りそうになった。

見ると、流しばかりか手桶《ておけ》の中にまで梅の枝……。

狭い厨が梅の林と化している。

「母上、これは……」

夢之丞が驚いた顔をすると、真沙女はクックと肩を揺すった。

「今日は吉富《よしとみ》の出稽古《でげいこ》の日でのっ。茶室の掛け花入れに見事な梅が活《い》けてあるのを見て、うちの裏店《うらだな》でも、花の一輪飾ってやれば、随分と趣《おもむき》が変わるであろうに、とぽろりと洩《も》らした母の繰言《くりごと》を静乃《しずの》さまが聞いておられたのであろうな。稽古を終えて帰ると、半刻《はんとき》(一時間）もしないうちにお女中が届けてくれましてね。まあ、一輪どころか、こんなに沢山……。裏店中に配って、ようやくここまで減らしましたが、静乃さまのせっかくの厚意ですからね。処分するにしても、せめて、そなたに見せてからと思い、待っていたのですよ」

「しかし、厚意は有難いのですが、これでは母上が厨に立つことが出来ないではありませんか」

そう言うと、真沙女は含み笑いをして、夢之丞を見据えた。

「そなた、夕餉《ゆうげ》は済ませましたか？」

「いえ、まだ……」

夢之丞にしては珍しいことであるが、正《まさ》な話、たった今若狭屋から戻ったばかりで、今宵《こよい》はまだ夕餉を食べていなかった。

取り敢えず、若狭屋から貰った小づりの半金一両二分と、丸辰からの謝礼の半金二分、締めて二両のうち一両二分を真沙女に渡し、そのうえで、残りの二分を持って、鉄平や伊之吉に馳走《ちそう》するために出掛けようと思っていたのである。

小づりの半分を夢之丞が、残りの半分を鉄平と伊之吉が分けるのは、出入師の仕事を始めた頃からの取り決めであったが、夢之丞にしてみれば、それではどうにも尻こそばゆくて敵わない。

それで、毎度、取り分の中から夢之丞が彼らに馳走することにしていたのである。

「そうですか。それは良かった。では、このようなときだからこそ、ほおずきとかいう居酒屋に母を連れて行ってくれませんか？　そうだ、それがよい。ほおずきの女将《おかみ》にも梅の枝をお裾分《すそわ》けしようではありませんか。ほれ、夢之丞、何をぼんやりしておいでだえ？　手桶をお持ちなされ！」

真沙女は言うが早いか、もう前垂れを外し、袷《あわせ》の上から道行《みちゆき》を羽織ろうとしている。

夢之丞の胸が早鐘《はやがね》を打った。

と言うのも、まさに現在《いま》、夢之丞は鉄平たちをほおずきで待たせているのである。

「母上、お待ち下さいませ。本当に、これからほおずきに行かれるというのですか？」

「そうですよ。そなたがこんなに早く帰宅することなど珍しいことだし、厨が使えない今日のような日こそ、絶好の機宜《きぎ》というものです」

真沙女にここまで言われたのでは、後に退《ひ》けない。

ええい、てんぽの皮！

夢之丞は腹を括《くく》ると、真沙女を睨めつけた。

「解りました。では、お連れ致しましょう。ですが、その前に、母上にお渡ししておきます」

夢之丞は威儀を正すと、懐から紙包みを取りだした。

真沙女もそれを見て、正座する。

「永い間、母上に不自由をおかけしてしまい、申し訳ありませんでした。ようやく、少しばかり纏《まと》まった金を作ることが出来ましたので、お納め下さいませ」

真沙女がいそいそと紙包みを開く。

「おや、一両二分も……」

真沙女は目を輝かせ、改まったように、紙包みを胸に押し抱《いだ》き、

「ご苦労さまでした」

と頭を下げた。

「それから、もう一つ、申し上げておきたきことがございます。実は、ほおずきに友を二人ほど待たせています。これが、友といいましても、つまり……、母上には余りお気に召さない奴らかと……」

真沙女が訝《いぶか》しそうに、眉根を寄せる。

「夢之丞、そなた、母のことをなんと思うておる！　母がいつ他人《ひと》を色眼鏡《いろめがね》で見ましたか？　人間、真摯《しんし》に生きていれば、身分や職業はなんであれ、構わないのですよ。第一、そんなことに拘《こだわ》っていたならば、裏店には住めません。治平店《じへいだな》の住人をご覧なされ。皆、善い人ばかりではありませんか。母は誰一人として、偏見の目で見たことはありませんぞ！」

「ええ、ええ、それは解っています。ですが、この二人は治平店の連中とはまた少し違っていて……」

「やくざ者とでもいうのですか」

「いえ、決して、そのような……。他人に迷惑をかけずに、真っ当に立行《たちいき》しています」

「では、よいではないか。何を案じておる。母は誰に逢《お》うても取り乱しませんぞ。さあさ、何をぐずぐずしておる。参りましょう」

「はあ……」

夢之丞も渋々と重い腰を上げる。

こうなれば、成行きに任せるより仕方がない。

だが、真沙女のこの浮かれようはなんだ……。

誰に逢うても、取り乱さないだと?

冗談じゃない。母上に逢《あ》って取り乱すのは、鉄や伊之なんだよ!

それに、もしかすると、おりゅうも……。

夢之丞は腹の中でぶつくさ繰言を募りながらも、蛤町《はまぐりちょう》へと真沙女を案内した。

おりゅうは夢之丞が縄暖簾《なわのれん》を潜《くぐ》ると、板場のほうから小走りに寄って来た。

が、背後に真沙女の姿を認めると、あらっと戸惑ったような表情を見せた。

「母だ。かねてより一度来たいと言っていたものでな」

おりゅうの顔がさっと強張《こわば》り、怯《おび》えたように夢之丞を見る。

が、そこは永年居酒屋の女将を務めてきただけのことはある。

おりゅうは改まったように真沙女に目を戻すと、

「ようこそお越し下さいました。ほおずきの女将、おりゅうにございます」

と深々と辞儀をした。

真沙女が小腰《こごし》を屈《かが》め、目で返礼する。

「さあさ、入った、入った。おっ、奴ら、来ているだろうな?」

夢之丞が伸び上がるようにして、奥の小上がりを窺う。

「ええ。もう召し上がっていただいていますが、あの……、お席はいかが致しましょう」

おりゅうが耳許で囁《ささや》く。

「母は一緒で構わないと言っているのだが……」

夢之丞はちらと真沙女に目をやった。

ところが、聞こえていないはずはないのに、真沙女は我関せずとばかりに、物珍しそうに見世の中を見回している。

これだよ……。

夢之丞はちっと舌を打つと、梅の入った手桶をおりゅうに手渡し、奥の小上がりへと寄って行く。

「遅《おせ》ェぜ！　早く来ねえもんだから、出来上がっちまうじゃねえか」

鉄平が夢之丞を見て、甲張《かんば》った声を上げる。

が、途端に、アワワッ……と口籠《くちご》もると、固まった。

伊之吉も同様、蜥蜴《とかげ》のような目を宙に彷徨《さまよ》わせ、鯱張《しやちこば》ったように膝《ひざ》を正す。

こうなると仕方がない。

夢之丞は太息を吐くと、改まったように、二人を真沙女に紹介した。

「母上、先程申しました、わたくしの友、伊之吉と鉄平にございます」

「それはそれは……。夢之丞の母にございます。日頃より、おまえさま方には夢之丞が大層な世話になっているそうで、わたくしからも礼を申し上げますぞ」

「へっ……」

「へっ……」

「今宵はまた、夕餉を共にしていただけるとか、恐縮至極にございます」

「へっ……」

「へっ……。えっ、滅相もねえ。夕餉を共にだなんて、きょ、きょ……、恐縮で……」

「へっ、俺たちゃ、もう腹がくちくなったんで、そろそろ帰《けえ》ろうかと……」

伊之吉がそう言ったとき、丁度、小女が公魚《わかさぎ》の天麩羅《てんぷら》を運んで来た。

「おや、これではまだ帰れそうにもありませんね」

真沙女がくすりと笑う。

「あのう……、如何でしょう。真ん中の小上がりが空いております。お席が離れてしまいますが、なんなら、あちらにご用意いたしましょうか」

おりゅうが気を利《き》かせ、割って入ってくる。

「おう、そうしてもらおうか。俺が行ったり来たりすればよいのだから。では、母上、こちらに……」

夢之丞はそう言うと、真ん中の小上がりへと上がって行く。

「料理はお委せということでいいでしょうか。それと、今宵は、わたくしも酒を少々頂きたいのですが、宜しいですよね?」

「何を言っておる。そなたが飲まない日などないではないか。今宵は全てをそなたに委せますので、好きになさいませ。ところで、なかなか良い見世ではないか。帳場脇の柱にかかった掛け花入れだが、あれは女将が?」

「えっ、ああ……。いつも、おりゅうさんが活けているようですよ」

そこに、おりゅうが改めて挨拶《あいさつ》にやって来る。

「このようなむさ苦しい見世にお越し下さいまして、誠に有難うございます。それで、お料理のほうは如何いたしましょうか」

「お委せで頼む。それと、酒もな」

「わたくしはお酒は不調法《ぶちようほう》ですので、お茶を頂きます。ああ、女将、掛け花入れの猫柳の根付けに入った花ですが、あれはなんという花ですか?」

「三角草《みすみそう》にございます。雪割草《ゆきわりそう》とも呼ぶようですが……」

「あれが雪割草……。わたくしどもは温暖な瀬戸内育ちですので、初めて目にしました。それに、長飯台《ながはんだい》の水盤にさり気なく浮かせた蕗《ふき》の薹《とう》……。拝見しますに、女将は茶心《ちゃごころ》がおありのようですね。何もかもが落着いた設《しつら》えで、気に入りましたぞ」

「何よりのお言葉、恐縮にございます。あっ、それから、先程は、梅の枝をあのように沢山頂戴《ちょうだい》いたしまして、有難うございます。早速、大壺《おおつぼ》に飾らせていただきます。それでは、お仕度《したく》をして参りますので、どうぞ、お楽にしていて下さいませ」

おりゅうが板場へと去って行き、夢之丞と真沙女の間に、どこかしら間の持たない沈黙が訪れた。

「夢之丞、母は構わぬから、そなた、友のところに行って参れ」

「えっ、宜しいので？」

「そなたが行ったり来たりすると言うたのではないか」

「では、あちらの様子を見て参りますので、料理が運ばれて来ましたならば、母上はわたくしを待たずに召し上がって下さいませ。そうしなければ、次の料理が運べませんからね。いいですね？　わたくしを待たなくていいのですよ」

夢之丞は諄《くど》いほどに念を押すと、鉄平たちの小上がりへと向かった。

「夢さん、冗談も大概《てえげえ》にしてくれよな！　なんでェ、お袋さんを連れて来るなんてよ。一体《いってえ》、どういう了見でェ！」

「そうだよ。お陰で、俺たちゃ、あれからろくに喉を通りゃしねえ！」

鉄平たちは夢之丞の顔を見るや、不満たらたら……。

「済まねえ。こんなはずじゃなかったんだが、どうしてもついて来るというものだからよ。この埋め合わせは、きっとする。だから、今日のところは勘弁してくれよな。おっ、どうしてェ、もう飲まねえのか？」

「飲んだところで、美味《うま》かァねえや。うっかり、おだでも上げてみな？　おお、鶴亀鶴亀《つるかめつるかめ》……」

「では、飯を食え。粗方、肴《さかな》は出たようだから、茶漬でも貰うか？　それとも、雑炊《ぞうすい》がいいか？」

「なんでもいいが、それより、俺ャ、早く帰《けえ》りてェ……」

「俺も……」

鉄平と伊之吉が顔を見合わせ、深々と息を吐く。

すると、そこにおりゅうが夢之丞を呼びに来た。

「お母さまがお呼びですことよ」

やれやれ……。

夢之丞はふうと溜息《ためいき》を吐いた。


なんとも息苦しい食事を早めに切り上げ、鉄平たちが這々《ほうほう》の体《てい》で帰って行くと、ようやく夢之丞は落着いて箸を取る気分になった。

そろそろ五ッ半（午後九時）になるのであろうか……。

真沙女は出された料理の一つひとつに舌鼓《したつづみ》を打ち、味もさることながら、什器《じゅうき》や盛りつけにまで感嘆の声を上げた。

が、出された料理の全てを平らげ、食後の一服にとおりゅうが心を込めて点《た》てた茶を飲み干すと、何を思ったか、真沙女は徐《おもむろ》に切り出した。

「徳兵衛《とくべえ》さんが太鼓判《たいこばん》を押しただけのことはあって、何もかもが美味しく、梅本《うめもと》とはまた違った、作り手の温かみが伝わってきましたぞ。だがの、聞くところによると、そなた、三日に上げず、ここに通っているというではないか。見たところ、鳥目《ちようもく》（代金）も下直《げじき》ではなさそうだし、分際を弁《わきま》えなければのう。いえ、来るなと言うておるのではありません。来ても良いが、決して、矩《のり》を越えてはならないということです。そなたの宿願は、飽くまでも、仕官を叶《かな》えること……。その本分を蔑《ないがし》ろにし、女将の美しさや美味しい料理に現《うつつ》を抜かしていたのでは、いつまで経《た》っても、本懐を遂《と》げることが出来ないではないか！」

夢之丞は些《いささ》かむっとした。

一体、真沙女は何が言いたいのだ……。

ほおずきに連れて行けと言ったのは、自分ではないか！

しかも、出された料理を美味い美味いと飯粒一つ残さずに平らげ、おりゅうのことも気扱《きあつかい》のある、優しい女性だと褒《ほ》めちぎった後である。

その舌の根も乾かないうちに、女将の美しさや美味しい料理に現を抜かすなだと？

夢之丞は真沙女の本心を計りかね、気を苛った。

まさか、母上は自分のおりゅうへの想いに気づき、難癖をつけるために、ほおずきに誘ったのであろうか……。

そんな邪悪な想いが頭を擡《もた》げた、そのときである。

「おお、そうよ。すっかり失念しておった……。実は、吉富から戻ったばかりのところに、文が届いてな。そなた宛《あて》だが、沼田村《ぬまたむら》の寒雀尼《かんじゃくに》とは、どなたのことですか？」

真沙女が手提袋《てさげぶくろ》の中から封書を取り出す。

「いえ、思い当たりませんが……」

夢之丞は封書を手に、首を傾げた。

寒雀尼というからには、恐らく、尼僧《にそう》……。

だが、夢之丞は凡《およ》そ信仰とは縁がなく、寒雀尼にも、沼田村という地名にも覚えがなかった。

「とにかく、開けてみなされ」

真沙女が興味津々に手許を覗き込む。

夢之丞は真沙女に背を向けるようにして、封書を開いた。

それは、半紙一枚の、実に、簡略な文面であった。

差出人は、沼田村寒雀庵《かんじゃくあん》の寒雀尼……。

力弥《りきや》の死を知らせる内容だった。

寒雀尼は病《やまい》の身で六阿弥陀詣《ろくあみだもうで》に出掛けた力弥と、延命寺《えんめいじ》の境内《けいだい》で逢ったという。随分と体調が悪そうだったので、自分の庵《いおり》に連れ帰り看病していたが、節分明けの二月四日、安らかに息を引き取った。ついては、夢之丞にだけ、自分が死んだことを伝えてくれという、力弥の意思によりお知らせする、とあった。

なんと、感情の一欠片《ひとかけら》もない、杓子定規《しゃくしじょうぎ》な文面であろうか……。

夢之丞は力弥が死んだことより、そのことのほうに、より強く衝撃を覚えた。

だが何ゆえ、力弥は俺だけに知らせろと言ったのであろうか……。

しかも、味も素っ気もない、この紋切り型の文面はどうだ。

「どなただえ？　何が書いてあった？」

真沙女が身を乗り出してくる。

夢之丞は真沙女に身体を返すと、いえ、と首を振り、封書を懐に仕舞《しま》った。

「嘗《かっ》ての友人が亡くなったことを知らせる文でした」

「嘗ての友人とな？　誰のことだえ？」

「母上のご存知ない人です」

「そうかえ。そなた、母の知らない友とやらが多いのだのっ」

「……………」

それからは、ますます気まずくなるばかりであった。

「では、そろそろ帰りましょうか」

夢之丞がその場の空気を払うように、むんずと立ち上がる。

おりゅうが気配を察して、寄って来た。

「おお、済まなかった。世話をかけたな」

夢之丞がおりゅうの手に小粒を握らせる。

「あら、これでは多すぎますわ」

「いいってことよ。今まで溜《た》まっていたつけにでも廻してくれ」

おりゅうは微笑《ほほえ》むと、真沙女に声をかけた。

「ご満足いただけましたでしょうか」

「ええ。美味しい物を存分に堪能《たんのう》させていただきましたよ」

「お越しになることが分かっていましたならば、もう少し季節に添った食材をお出しすることが出来ましたものを……。これに懲《こ》りずに、また是非《ぜひ》、お越し下さいませね」

「そうしたいが、さあ、手前どもにこのような贅沢《ぜいたく》が出来るのは、いつのことやら……」

おりゅうの顔がつっと曇《くも》った。

夢之丞は慌てて、

「さあ、帰りましょうぞ！」

と声高に言い、戸口に向かって歩いて行った。

戸口で小女から提灯《ちょうちん》を受け取ると、そのまま堀沿いの道へと大股《おおまた》に歩いて行く。

見世の前では、まだ、真沙女とおりゅうが歯の浮くような世辞を言い交わしている。

が、夢之丞は意に介さずとばかりに、ぐいぐいと脚を速めた。

立ち止まると、遣り切れなさに、大声で喚《わめ》きかねない。

それほど鬱屈《うっくつ》していた。

人の心ほど、計り知れないものはない。

真沙女の心も解らなければ、おりゅうの心も……。

そして、自分は何をどうすればよいのだろう……。

ふと、古澤求馬《ふるさわもとめ》を想った。

「息苦しくて敵わぬ！　母と辰乃《たつの》が似ているのはいいのだが、似ているだけに相手の心が解るらしく、俺の世話をしようとして、互いに顔色を窺い、どうぞどうぞと譲り合う。俺にしてみれば、どっちが飯を装《よそ》おうが、着替えの手伝いをしようが構わない。ところが、嫁が来たのだから、母上はおっとりと構えていて下さいと言えば、そうですか、では、そう致しましょうと言いながら、母が哀しそうな顔をするし、辰乃に母上は人のために尽すのを生き甲斐《がい》となされているのだから、そう何もかも取り上げてはならないと言えば、今度は、辰乃が恨めしげな顔をする。間に入った俺の立場になってみろ。つくづく、嫁など貰うのではなかったと思うよ」

求馬はそう言い、助けてくれとばかりに、夢之丞を見たのだった。

母親に似た女性を嫁に貰えば、求馬のような繰言を言わなければならないし、水と油ほどに違う真沙女とおりゅうとでは、もっと厄介である。

そうしたいが、さあ、手前どもにこのような贅沢が出来るのは、いつのことやら……。

そう言ったときの、真沙女の毒のある、口吻《こうふん》……。

そして、つっと顔を曇らせた、おりゅう……。

更に、極めつきは、寒雀尼のいともあっさりとした、あの文面であろうか。

人の死を知らせるにしても、もっと心の籠もった書き方があるだろうに……。

そう思った刹那《せつな》、あっと、夢之丞は脚を止めた。

もしかすると、この文面には、深い意味があるのかもしれない。

寒雀尼が敢えて紋切り型に知らせることで、夢之丞の出方を試したのだとしたら……。

力弥の死を知り、ああ、そうかで済ませてしまうのか、それとも、沼田村まで訪ねて行き、力弥がどんな最期を遂げたのか知りたがるのか、その二つに一つを賭《か》けたのだとしたら……。

ということは、寒雀尼が力弥の死を夢之丞に知らせるべきかどうか、迷ったということ……。

夢之丞は力弥を想った。

ちゃきちゃきの深川育ちで、其者上《それしゃ》がり。

鉄火で俠《きゃん》で、滅多に弱味を見せず、仮に、腹の中で泣いたとしても、態と背《そむ》けて伝法《でんぽう》に言ってみせる……。

それが、力弥であった。

恐らく、寒雀尼も力弥と荒川作之進《あらかわさくのしん》のことを聞いたであろう。

無論、夢之丞に何もかもを打ち明けたことも……。

だからこそ、寒雀尼は誰にも知らせるなと言った力弥の本心を見抜き、少なくとも、夢之丞にだけは知らせたほうがと迷ったのではなかろうか。

後は、夢之丞の出方次第……。

損な役目をさせちまったね。堪忍《かんにん》して下さいな……。

またもや、耳許で力弥が囁いたように思えた。

ああ……。

夢之丞の目に熱いものが衝き上げてくる。

力弥、てめえ、この野郎!

よいてや! いっその腐れよ。こうなりゃ、最後までつき合うまでよ……。

「おや、やはり、待っていてくれましたか。そなたが母を置いて一人で帰るものだから、なんて親不孝なと思っていたが、どうしてどうして、優しいところもあるのですね」

真沙女が息せき切って、寄って来る。

夢之丞は慌てて、目の熱いものを払うと、振り返った。

「夜道は危のうございますから……」


二日後、夢之丞は沼田村を訪ねた。

夢之丞は浅草より北に脚を延ばしたことがなかったので、大家の徳兵衛に訊ねると、力弥が寒雀尼に出逢ったという延命寺は、六阿弥陀のうち、西福寺《さいふくじ》に次《つ》いで二番目の寺だという。

「一番が豊島村《としまむら》の西福寺、二番延命寺、三番無量寺《むりようじ》、四番与楽寺《よらくじ》、五番常楽寺《じようらくじ》、六番常光寺《じようこうじ》と、これで六阿弥陀です。そして、延命寺の先に、六阿弥陀伝説の源《もと》となった、足立姫《あだちひめ》の墓所性翁寺《しようおうじ》がありましてね。ここには六阿弥陀の木餘如来《きあまりにようらい》が祀《まつ》ってあります。そりゃ、遠いかと聞かれれば、川柳《せんりゆう》に六ッに出て六ッに帰るよ六阿弥陀と詠《よ》まれているように、半日はかかりますが、まっ、別に六阿弥陀詣をなさるわけでもなし、延命寺にだけと言われるのなら、船で大川を上れば、豊島の渡場《わたしば》はさほど遠いとはいえません」

徳兵衛はそう言い、六阿弥陀の由来、足立姫伝説を語ってくれた。

「その昔、あの辺りに豊島家、足立家という分限者《ぶげんしや》がおりましてな。足立の姫が豊島家に嫁いだところ、姑《しゆうとめ》に嫁いびりをされたそうです。悩んだ姫が五人の婢《はしため》と共に荒川に身を投げた……。ところが、いつまで経っても遺体が上がらない。そこで、姫の親が行方を捜しに旅に出たところ、紀伊《きい》の熊野《くまの》に辿《たど》り着き、そこで立派な木に出逢ったといいます。その夜、父親の夢枕《ゆめまくら》に仏が立ち、木を海に流せと告げられたそうな……。父親がお告げに従い木を海に流したところ、なんと、荒川まで流れ着いたといいます。この話を聞いた旅の坊主がいたく感動し、一晩のうちに六体の阿弥陀仏を彫り上げましてね。その余り木から造ったのが木餘如来で、いつしか、六阿弥陀詣は江戸の女人信仰となりましてな。何を申しましょう、姑と反《そ》りの合わなかったあたしの女房お甲《こう》も、一度は、六阿弥陀詣に出掛けたほどですからね」

「すると、女ごどもは嫁姑の仲が甘《うま》くいくようにと願掛けをするのか」

徳兵衛は、いえのっ、と首を振った。

「元を糺《ただ》せば、そうなのでしょうが、当世は女ごの悩みならなんでも、願掛けするようですよ。しかも、六阿弥陀詣がいつの間にか彼岸行事の一つになってしまいましてね。悩みなど無縁の老若男女までが、ぞろぞろ、ぞろぞろ……。で、先生はまた何ゆえ延命寺に？」

「いや、延命寺に用があるわけではないのだ。どうやらその近くに寒雀庵という庵があるようなのでな」

「寒雀庵ですか……。さあ、知りませんな。さほど広くもない村です。延命寺の近くで訊ねると、すぐに判るでしょう」

徳兵衛にそう言われて、上ノ橋《かみのはし》から舟に乗り、三挺《さんちょう》や猪牙《ちょき》を乗り継ぎ沼田村まで辿り着いたのであるが、渡場に降りると、成程、見渡す限り、畑、また畑であった。

が、延命寺はすぐに見つかった。

夢之丞が門前の茶店で寒雀庵の場所を訊ねると、茶汲女《ちゃくみおんな》がわざわざ表にまで出て来て、豊島渡道《としまわたしみち》の先、性翁寺の方向を指差した。

どうやら、茶汲女は庵とも呼べない、鄙びた農家を指したようである。

畑の中にぽつねんと、まるで、打ち捨てられたように佇《たたず》んでいる。

夢之丞はなんだか裏切られたような想いで、ゆっくりと歩いて行った。

一見、なんら変哲のない、農家である。

が、四ッ目垣の傍まで寄って行くと、枝折戸《しおりど》に「寒雀庵」と書かれた杉板が貼《は》りつけてあり、つんと甘い薫《しい》りが鼻を衝いてきた。

夢之丞はあっと四囲に目を配った。

だが、薫りがどこから流れてくるのか、見当もつかない。

「どなたさまでしょう」

突然、背後から声がかかった。

はっと振り向くと、作務衣《さむえ》姿の女が立っていた。

畑仕事の帰りか、肩から髭籠《ひげかご》を担ぎ、草刈鎌《くさかりがま》を手にしている。

「こちらが寒雀庵と見ましたが、庵というので、てっきり……」

夢之丞が口籠もると、女はふっと頬を弛めた。

「とても庵には見えない。そう、おっしゃりたいのですね。けれども、間違いなく、ここが寒雀庵にございます。あなたさまは?」

女は四十路半ばであろうか、百姓女にしては余り日焼けしておらず、品の良い面立をしている。

「半井夢之丞と申します。確か、こちらに寒雀尼という尼僧がおられるとか……」

そう言うと、女はあらっと目を瞠《みは》り、慌てて髭籠を下ろすと、姉さん被りにした手拭《てぬぐい》を取った。

「あなたさまが、半井さま……。わたくしが寒雀尼にございます」

寒雀尼は深々と頭を下げた。

夢之丞は尼僧というからには、てっきり剃髪《ていはつ》していると思っていたが、なんと、寒雀尼は総髪を草束《くさたば》ねしている。

「遠いところを、よくぞお越し下さいました。ささっ、どうぞ……」

寒雀尼が枝折戸を開け、母屋へと案内して行く。

母屋の腰高障子を開けると、畳にすれば十畳ほどの土間があり、突き当たりに竃《かまど》や流しが見えた。

土間が広いのは、ここで俵作りをしたり、筵《むしろ》や草鞋《わらじ》を編んだりするからであろう。

土間の脇が、板間の囲炉裏《いろり》部屋となっている。

寒雀尼は囲炉裏の火を確かめると、客座と思える位置に座布団を敷き、夢之丞に坐れと促した。

「暫くお待ち下さいませね。手足を浄《きよ》めて参りますので、どうぞお楽に……」

そう言うと、再び、表出口から外へと出て行った。

五徳《ごとく》の上では、鉄瓶がしゅるしゅると湯気を立てている。

天井を見上げると、剝《む》き出しとなった梁《はり》や柱が、煤《すす》けて黒光りしていた。

寒雀尼はここで一人で暮らしているのか、他に人の気配は窺えない。

暫く待っていると、囲炉裏部屋と隣室の境の板戸が開き、寒雀尼が姿を現わした。

いつの間に井戸端から戻って来たのか、寒雀尼は法衣《ほうえ》を纏い、尼の姿となっている。

「お待たせ致しました」

寒雀尼は筵を敷いた横座《よこざ》に坐ると、茶の仕度を始めた。

「あのような姿をしていましたので、さぞや驚かれたことでしょうね。わたくしの他には誰もいませんので、何もかもが自給自足でしてね。仏に仕えるといいましても、畑仕事もしなければなりませんの」

寒雀尼はそう言うと、さあ、どうぞ、と茶を勧めた。

「どくだみ茶ですの。麦湯と混ぜましたので、幾分飲みやすいかと思います」

「これは寒雀尼が？」

「薬草を育てることが、わたくしの唯一の収入源になっています。大してお金にはなりませんが、不足なものを埋め合わせてくれます。半井さま、今日は力弥さまのことでお見えになったのでしょうね？」

寒雀尼が夢之丞を見据える。

「はい。先日の文では、訪ねてよいものかどうか少し迷ったのですが……」

「失礼を致しました。実は、迷ったのは、わたくしのほうですの。力弥さまはどなたにも知らせないでくれと言われましたが、力弥さまより深川の話をいろいろと聞いていましたので、せめて、半井さまにだけは力弥さまの死をお知らせしたほうがよいのではないかと思いまして……。それで文を差し上げました。けれども、まさか、ここまで訪ねて下さるとは……。いえ、正直に申し上げます。実は、来て下さるのではないかという想いと、来られなければ来られなくて、それでよいという想いが交叉《こうさ》していました。わたくしはあの方の最期を看取《みと》りました。手篤く葬りましたし、これから先も弔っていくつもりにおります。けれども、それでは、あの方が余りにも寂《さみ》しすぎるのではないかと思いまして……。実は、力弥さまから荒川さまとのことをお聞きしました。力弥さまが荒川さまを想うお心は、それはそれは筆舌に尽くしがたく、ああいった愛の形もあるのだな、と納得も致しました。ですから、自分は荒川を見限った不実な女ごでよい、行方不明のままでいることが、荒川やおとよを幸せに出来るのだから、と自分が死んでも決して知らせないでほしいと言われた力弥さまの言葉に従おうと思ったのです。ただ、半井さまにだけはお知らせしたほうがよいのではないかと迷いました。と申しますのは、力弥さまより、半井さまには何もかもを打ち明け、そのことで、心が少し軽くなったようだと聞いていたからです。半井さまは力弥さまのお気持を知っていらっしゃる……。だったら、ここで安らかに息を引き取られたことをお知らせしたほうがよいのではないかと思いまして……。申し訳ありません。本当は、もっと心を込めた文を差し上げればよかったのでしょうね。けれども、半井さまが力弥さまの死をどのように受け止められるのか、計りかねたものですから、あのような杓子定規な文面になってしまいました」

寒雀尼は忸怩としたように、俯《うつむ》いた。

「ここにお連れしたとき、力弥さまは随分と弱っておいででした。それなのに、あのような身体で、六阿弥陀詣をなされようとするお気持……。荒川さまとのことをお聞きして、初めて、わたくしも納得いたしました。わたくしね、六番まで詣《まい》らずとも、二番寺の延命寺でもう充分ではありませんか、と力弥さまを説得いたしましたの。幸い、この庵は木餘如来を祀った性翁寺との中間にあります。延命寺の境内でわたくしと巡り逢えたのも、何かの縁……。どうか、寒雀庵でご療養下さいませ、と申しました。恐らく、力弥さまもわたくしとの間に宿世《すくせ》の縁を感じ取られたのでしょう。ここで共に暮らしましたのは、ほんの一月《ひとつき》ほど……。短い間でしたが、わたくしたちは実の姉妹のように、心の内をさらけ出し、話し合いました。聞けば、あの方とわたくしは一歳違い……。身の有りつきまでがどこか相似していて、あの方の最期を看取ることになりましたのも、仏のお導きのように思います。半井さま、力弥さまのために、これだけはお伝えしておきます。あの方は最期まで毅《き》然《ぜん》となさっていて、こうなったことへの不平など何ひとつお言いになりませんでした。毎朝目覚めると、今日も生あることに感謝し、口にする食べ物の一つひとつに手を合わせ、鳥や蟲《むし》、草木や風に至るまで、慈《いつく》しむような目で瞠めておいででした。そうして最期は、眠ったまま、それはそれは安らかに息を引き取られ、わたくしはあの方の中に仏を見たように思いました。このことだけでも、半井さまにお話ししておきたくて……。本心を言いますと、お越し下さることを願っていましたの」

寒雀尼は淡々とした口調で語った。

夢之丞には、寒雀尼のいう力弥が深川にいた頃の力弥と余りにも違いすぎ、想像がつかなかった。

すると、死を間近にして力弥が変わったのか、それとも、これまでは態と力弥が鉄火で俠な女ごを演じていたのか……。

が、どうあれ、そのどちらもが、力弥の姿なのだった。

「お詣りになりますか?」

寒雀尼が立ち上がる。

板戸を開けると、仏壇が目に飛び込んできた。

阿弥陀如来《あみだにょらい》を囲み、幾つもの位牌《いはい》が並んでいる。

その周囲《まわり》に、大壺に溢《あふ》れるほどに挿《さ》し込まれた梅の枝……。

仏間全体が、噎せ返るような梅の薫りで溢れていた。

が、暫くすると、梅の薫りは寒雀尼の点《とも》した線香の匂いに掻き消され、朗々とした、寒雀尼の経が部屋の中に響き渡った。

そのときになって初めて、ああ、力弥はもうこの世にはいないのだ、という想いが夢之丞の胸に衝き上げてきた。

が、不思議と、涙は出なかった。

力弥は帰るべきところに帰っていったように思えたのである。

荒川が好きだから、ぶっ殺したいほど惚れているから、あの男《ひと》にだけは見せたくない
……。

惚れて惚れて、惚れぬいて、今日までどんだけ幸せだったか……。だから、これからは、
幸せな想い出を胸に抱き、たった独り、お迎えが来る日を待つつもり……。

力弥の言葉が甦《よみがえ》った。

おう、力弥、良かったじゃねえか。たった独り、お迎えが来る日を待つなんて言ってた
が、おめえは独りじゃなかった……。

最期に寒雀尼に出逢えたのも、おめえの人徳ってもんだ。済まねえな。俺はおめえさん
のことを心底解っちゃいなかった……。

そう胸の内で呟いたときである。

突如、わっと熱いものが胸に衝き上げてきた。

「では、そろそろ墓のほうに参りましょうか」

経を終えた寒雀尼が振り返る。

夢之丞は慌てて胸の熱いものを振り払った。

寒雀尼が案内したのは、庵の裏手に当たる梅林だった。

見事なまでに、今を盛りと咲き誇っている。

ああ、これか……。

すると、気紛《きまぐ》れな風が枝折戸まで誘ってきた薫りは、この梅林から……。

「なんと、見事な……」

夢之丞は目を細めた。

「十年ほど前、わたくしがここを庵にしようと思いましたのは、この梅林があったからなのですよ。若かりし頃、わたくしも苦界《くがい》に身を置いたことがありましてね。世を儚《はかな》んで、荒川に身を投じようとしたところを救って下さったのが、延命寺のご住持で……。その後、仏門に入り、ご住持からそろそろ庵をと言われました折、たまたま廃屋になりかけたこの家を見つけましてね。丁度、今を盛りと梅が花開いた頃でした。梅はわたくしの護《まも》り花……。わたくしの本名はこうめと申します。源氏名は梅里《うめざと》といいましてね。梅とは縁があります の。法名《ほうみょう》が寒雀尼なのは致し方ありません。延命寺のご住持の命名ですので、有難く使わせていただいています。ですから、ここはわたくしの里……。亡くなった後も、ここに埋めてもらうつもりでいますし、力弥さまも、ほら、そこ。そこで眠っていますのよ」

寒雀尼は梅林の入り側に当たる箇所を指差した。

白木の墓標が見えた。

戒名はない。力強い筆致で、力弥の墓、とあった。

「どうしても、戒名は要《い》らないとおっしゃいましてね。仏間の阿弥陀如来の脇に沢山の位牌がありましたでしょう？　あれは、わたくしが遊里にいました頃、不遇な死を遂げ、投込み寺に葬られた仲間の位牌です。ですから、あの位牌にも戒名はありません。それを見て、力弥さまがおっしゃいました。自分も戒名は要らない。そんなものがあったのでは、気恥ずかしくて三途《さんず》の川が渡れないじゃないかと……」

気恥ずかしくて三途の川が渡れないとは、如何にも力弥らしい。

夢之丞は蹲り、墓標に向かって、手を合わせた。

また、風が梅の香《か》を運んできた。

おい、力弥、おまえさん、良い所で眠っているじゃねえか……。

夢之丞は口の中で呟く。

すると、ふと、お陸を思い出した。

愛しい男を梅の根元に埋めた、お陸……。

お陸、力弥、寒雀尼……。

なんという因縁であろうか。

ぶっ殺したいほど惚れているから……。

力弥は荒川のことをそう言ったが、ああ、お陸もまた、同じ想いだったのに違いない。

一輪だけ見れば、楚々《そそ》として愛らしい梅の花。

が、見方を変えれば、どこか妖《あや》しげで、魅惑を誘う花……。

寒雀庵を出たのは七ツ（午後四時）近くであろうか。

昼餉《ひるげ》に寒雀尼が作った糅雑炊《かてぞうすい》（雑穀《ざっこく》）と煮凍大根《にこごりだいこん》を食しただけだったので、腹の蟲がやたら騒いで仕方がないが、夢之丞は豊島渡から舟に乗ると、このまま深川まで戻り、ほおずきに飛び込もうと腹を決めていた。

麦飯に稗《ひえ》や粟《あわ》、大根葉《だいこんば》などを混ぜた雑炊は、水雑炊といってよいほど、水気が多かった。

しかも、醬油《しょうゆ》や塩といった調味料を始末しているのか味も薄く、夢之丞は寒雀尼の倹しい生活を垣間《かいま》見たように思い、胸が痛んだ。

その寒雀庵で力弥は最期の一月《ひとつき》を過ごしたわけだが、刺身や生牡蠣《なまがき》が大の好物だった力弥が、倹しい食事に手を合わせ、感謝の言葉を述べたという。

やはり、力弥は仏になったのだ……。

そうとしか思えなかった。

「やはり、まだ、荒川には力弥の死を伏せておくことにします」

食後の茶を啜りながら夢之丞がそう言うと、寒雀尼も頷いた。

「そうですわね。わたくしもそう思います。今はまだ荒川さまの心の整理がつかないでしょうから、もっと先になって、荒川さまとおとよさんが新たな人生を歩み始められてからでもよいと思います。お二人が夫婦《めおと》となり、お千代《ちよ》ちゃんを囲んで幸せな家庭を築き上げることを、力弥さまは何よりお望みでしたもの……。お千代ちゃんて、賢《さと》いお子なのですってね。お千代ちゃんのことを語るときの力弥さまって、とろけそうなお顔をなさって……。人生も終わりに差しかかり、ほんの一時《いっとき》でも、母親の真似事《まねごと》が出来たと悦んでいらっしゃいました」

寒雀尼はどこか遠いところでも見るように、目を細めた。

それで、荒川に力弥の死を知らせる時期は夢之丞の判断で、ということになったのであるが、夢之丞は寒雀尼に約束した。

「彼岸と命日には、必ず、お詣りします」

「まあ、そうしていただけますと、力弥さまもお悦びでしょう」

寒雀尼は幼児のような笑顔を浮かべた。

夢之丞が沼田村を訪れようと思ったのは、無論、力弥の墓に詣ることが目的であったが、某《なにがし》かでも、寒雀尼に食べ物を届けようと思ったからである。

仏に仕える身といえど、如何になんでも、あれでは……。

夢之丞は枯木のように痩《や》せ細った、寒雀尼を想った。

本人は、畑仕事をするので、これでも筋肉はついていますのよ、とけろりとした顔で言っていたが、禁欲的に身を挺《てい》する姿には頭が下がるとはいえ、それで生命《いのち》を縮めたのでは……。

あの女《ひと》には、まだまだ生きていてもらいたい……。

夢之丞は寒雀尼の中に、嘗て見たことのない、美しさや純朴さを認めていた。

自分や周囲の者には、決してないもの……。

寒雀尼を護らなければ……。いや、護りたい、と思った。

そのためには、今までにも増して、出入師の仕事に励まなければならない。

そんなことを考えていると、上ノ橋に着いた。

腹の皮がくっつきそうなほどに、空腹《からはら》である。

二八蕎麦《そば》の赤提灯に腹がクゥとくぐもった音を立てた。

が、夢之丞は誘惑を振り切るようにして、堀沿いの道を蛤町へと急いだ。

ほおずきは口開けしたばかりなのか、一人も客がいなかった。

「半井のおじちゃん！」

おけいが下駄《げた》を鳴らして寄って来る。

おけいは下駄を履《は》くのにもすっかり慣れたとみえ、足取りが軽い。

「あら、お早いこと！」

おりゅうも前垂れで手を拭いながら、やって来る。

「飯だ。飯をくれ！」

えっと、おりゅうが驚いたように見る。

「すぐに食事を？　お酒はお上がらないのですか？」

「いや、後で貰う。それより、とにかく、腹に何か詰めておきたいんだ」

「まあ、中食《ちゅうじき》を召し上がっていないのですか？」

「いや、食った。食ったが……」

そう言い差し、夢之丞は慌てて言い繕《つくろ》った。

「それが、食ったつもりでいたのだが、どうやら、食っていなかったようでよ」

しどろもどろである。

まさか、食うには食ったが、水雑炊に近い糅雑炊だったとは、口が裂けても言えないではないか……。

おけいがくすりと嗤う。

「変なの！　食ったつもりでいたのに、食っていなかっただなんて！」

「おけい、コノッ！　嗤いやがったな。おっととと……。目が回りそうだ。おりゅうさん、なんでもいいから、早《はえ》ェとこ頼む」

夢之丞は態とふらついて見せると、奥の小上がりに上がって行く。

暫くして、おりゅうが握り飯を二個持って来た。

「後でお酒をお上がりになるのなら、余り重くないほうがいいかと思って……」

「おう、これでいい。済まねえな。おっ、美味《うめ》ェ……。やっぱり、米の飯はいいよな」

夢之丞は握り飯に食らいつくと、がつがつと平らげた。

「あらあら、喉に詰まっても知りませんことよ」

おりゅうが呆《あき》れ果てたような顔をして、燗場《かんば》へと戻って行く。

握り飯を平らげ、茶を口に運んだところに、熱燗《あつかん》とお通しが運ばれて来た。

お通しは鰯《いわし》の生姜《しょうが》煮である。

一口大に切った鰯が小鉢に盛られ、紅梅《こうばい》の小枝がちょいと飾ってある。

「先日、お母さまから頂いた梅が重宝していますのよ。ほら、入口の大壺。気がつきませんでした？」

おりゅうに言われ、小上がりから身体を乗り出すようにして入口を見ると、成程、大壺の中に無造作に梅の枝が投げ込まれ、まるで、今し方見て来たばかりの、梅林を想わせた。

「小さな枝はこうして飾りに使えますし、箸置《はしおき》にもなりますのよ」

「そうか。そいつは良かった」

「あのう……」

おりゅうが酌をしようとして手を止め、上目遣いに夢之丞を見る。

「あれから、お母さま、何かおっしゃっていました？」

「いや、別に……」

おりゅうは一体何が言いたいのだ……。

事実、あれきり、真沙女はほおずきのこともおりゅうのことも、一切《いっさい》口にしないのである。

「そう……」

おりゅうは目を伏せた。

「お母さま、あたしのことがお気に召さなかったのじゃないかと思って……」

夢之丞はぎくりと身体を硬くした。

「まさか……。そんなことはないと思うぜ。見世の雰囲気も気に入ったようだし、料理は美味い美味いと何ひとつ残さなかったではないか。それに、おりゅうさんのことだって、気扱のある優しい女《ひと》だと……」

「お世辞ですよ。あたしね、女の勘で解るんですよ。ああ、お母さまはあたしが気に入らないんだなって……。こんな商いをしているのですもの、仕方がないんですけどね」

「莫迦な……」

夢之丞は慌てて否定しようとしたが、後が続かない。

天の助けか、そこにおけいが鰯の刺身を運んで来る。

「亀爺《かめじい》がね、今日は鰯料理で通したいが、それでいいかって！」

「おっ、鰯は大好物だ。亀爺にそれでいいと伝えてくれ」

「はァい！」

おけいが澄んだ声で答えると、客が来たのか入口がざわめいた。

おりゅうが立ち上がり、入口へと出て行く。

夢之丞はやれと息を吐き、ぐいと酒を呷った。

喉元をゆるりと生温《なまぬる》いものが伝っていく。
どこかしら、涙のような味がした。

第四話　春の愁《うれい》

「駕籠屋《かごや》さん」

真沙女《まさじよ》は四手《よつで》の簾《すだれ》を捲《めく》ると、先棒に声をかけた。

先棒がちらと振り返る。

「現在《いま》、どの辺《あた》りですか？」

そう言うと、後棒が、へっ、万年橋《まんねんばし》を渡ったばかりでやすが、と間延びした声を張り上げた。

「では、ここで降ろして下さいな」

真沙女の声に、先棒が脚《あし》を止め、一瞬前のめりになりながら、後棒も立ち止まった。

「ここで降ろせだって？　お客さん、冬木町《ふゆきちよう》まで帰《けえ》るのじゃなかったのかよ。ここはまだ海辺大工町《うみべだいくちよう》だぜ」

「ええ、解《わか》っていますよ。少し川風に当たりたくなったものですから……。この後は、暮れかぬる川辺の風情を愉《たの》しみながら、そぞろ歩きと致します」

「へえ、さいで……」

「ご苦労でした」

真沙女は草履《ぞうり》を履《は》くと、帯の間に手を入れる。

「滅相もねえ。お代は吉富《よしとみ》から頂いてやすんで……」

先棒が慌てて首を振り、真沙女は帯に差し込んだ手を止めた。

が、如何《いか》に金に吝《しわ》い真沙女といえども、一旦懐《ふところ》に手を入れたからには、おや、そうですか、では済まされない。

真沙女は迷いを払うと、小銭入れから十文銭を三枚摘《つま》み出した。

「些少《さしょう》ですが、酒手《さかて》です」

「へっ、こりゃ、どうも……」

六尺《ろくしゃく》(駕籠《かご》舁き)二人で三十文とは、夜鷹蕎麦《よたかそば》二杯の代金にも足りないが、そこはそれ、先棒が愛想《あいそ》の良い笑顔を返してくる。

それで、真沙女もほんの少しだけ気が晴れた。

真沙女は四手駕籠が上ノ橋《かみのはし》のほうに去って行くのを見届けると、小名木川《おなぎがわ》を海辺大工町のほうへと曲がった。

刻《とき》は七ツ半(午後五時)になろうとするのであろうか。

この時刻、半月ほど前まではとっぷりと暮れてしまっていたが、現在《いま》はまだ、提灯《ちょうちん》を持たずとも歩けそうなほどの薄暗さである。

少し酒の入った頬《ほお》に、川風が心地良かった。

真沙女は吉富の祝言で引き出物に貰《もら》った風呂敷包《ふろしきづつ》みを抱え、ゆっくりと高橋《たかばし》に向かって歩いて行った。

恐らく、この風呂敷包みの中味は、宴席で出された料理とは別の、送り膳《ぜん》……。

夢之丞《ゆめのじょう》への心配りなのであろうが、常なら、そういった吉富の気扱《きあつかい》に感謝するところだが、何故《なぜ》か今宵《こよい》は心寂《うらさみ》しい。

静乃《しずの》と入り婿の後藤忠三郎《ごとうちゅうさぶろう》が、誰の目にも、縁《えにし》の糸で結ばれた似合いの夫婦《めおと》に見えたからこそ、それが余計に、真沙女を寂寥《せきりよう》とさせるのだった。

綿帽子に白無垢《しろむく》姿の静乃の、なんと美しかったこと……。

それに、流石《さすが》は御家人《ごけにん》の三男坊だけのことはあって、婿となった忠三郎の凜乎《りんこ》とした、為《し》熟《こな》し。

成程《なるほど》、あれなら、これまで数多《あまた》とあった縁談に、決して耳を貸そうとしなかった静乃の気が変わったとしても、不思議ではない。

そう思うと、静乃の幸せを悦《よろこ》ばなければと思いつつも、どうにも三百落とした心持ちとなり、忸怩《じくじ》とする。

と言うのは、忠三郎の坐《すわ》っていた席に夢之丞が坐っていたかもしれないのである。

それなのに、夢之丞は吉富から縁談のあったことを、この母に相談もせずに、あっさりと断ってしまったというではないか……。

無論、相談されたところで、真沙女が了承するはずもない。

現在《いま》は浪々の身といえども、夢之丞は半井《なからい》の当主。いずれ仕官することを考えても、両替商の入り婿など、とんでもない話なのである。

だから、これは当然の成行きには違いない。

が、頼みの綱だった東堂内蔵助《とうどうくらのすけ》がもうこの世の人でないと知ってからというもの、仕官への道がますます遠くなるばかりで、そうなると、仮にあのとき吉富の申し出を受けていたならばと、時折、死んだ子の歳《とし》を数えるように、真沙女には思いが残るのだった。

だって、そうではないか。

あれほど静乃さまは夢之丞のことを慕《した》って下さり、縁談を断った後も、この母から鼓《つづみ》や茶の湯を教わりたいと、どこかで縁《えん》を繋《つな》ぎ止めようとしていたのだもの……。

しかも、吉富は夢之丞が剣術を続けたいのなら、婿に入った後も続けてよいとまで言ってくれ、また真沙女には、向島《むこうじま》の寮を隠居部屋に改装し、そこで存分に鼓や茶の湯を教授してもよいとまで言ってくれたのである。

だが、あのときは、吉富の厚意を素直に受けることを、武士の矜持《きょうじ》が許さなかった。

腐っても、鯛《たい》……。

気位《きぐらい》の高い真沙女は、頑《かたく》なにそう思ったのである。

だが、現在《いま》になって、後ろ髪を引かれてしまう。

腐っても鯛といったところで、腐った鯛など、煮ても焼いても食べられはしない……。

静乃に鼓や茶の湯を教え、知れば知るほど、静乃の人柄を好ましく思うようになっていただけに、尚《なお》、口惜《くちお》しい。

が、肝心の夢之丞はどうだろう。

静乃の縁談が纏《まと》まったと聞いても、ほんの少し驚いたといった顔をしただけで、相も変わらず、のんべんだらり……。居酒屋の女将《おかみ》などに現《うつつ》を抜かしたところで、この先どうなるというものでもなかろうものを！

そう思うと、諸悪の根元がおりゅうにあるような気がしてきて、無性に腹立たしくなってきた。

ふと、楚々《そそ》として、どこか儚《はかな》げなおりゅうの顔が頭を過《よ》ぎった。

真沙女には、おりゅうが気扱のある、心根の優《やさ》しい女性だということがよく解っている。

真沙女が男ならば、恐らく、おりゅうの持つ翳《かげ》りや、思わず手を差し伸べたくなるその儚さに、心を惹《ひ》かれたに違いない。

だからこそ、一層、悔《くや》しく思うのだった。

ああ、もう、あの馬鹿息子《ばかむすこ》が！

真沙女は胸の内で毒を吐《は》くと、脚を速めた。

高橋を霊巌寺《れいがんじ》のほうに折れた頃には、辺り一面が灰色の薄衣《うすぎぬ》に包まれたかのようで、一気に見通しが悪くなった。

あのまま四手に乗って帰るのだったと後悔するが、もう遅い。

どこかで提灯を調達するか、他人《ひと》の背中に貼《は》りつくようにして歩くか……。

そんなふうに迷いながら歩いていると、本誓寺《ほんせいじ》の壁に凭《もた》れるようにして、提灯売りが蹲《うずくま》っているのが目に入った。

誂《あつら》えたとは、まさにこのことである。

真沙女は四十路《よそじ》絡みの女の傍《そば》まで寄って行くと、声をかけた。

「一つ、下さいな」

が、女は俯《うつむ》いたまま、顔を上げようとしない。

手拭《てぬぐい》を吹き流しにしているので、顔はよく見えないが、身体《からだ》の具合でも悪いのか、肩で喘《あえ》いでいる。

「どうしました？　おまえさま、具合でも悪いのですか？」

真沙女が小腰を屈《かが》めて覗《のぞ》き込むと、女は胃の腑《ふ》を押さえて、首を振った。

「差し込みですか？　お腹が痛むのですね」

真沙女が畳みかけると、女はぎくりと身体を硬くし、そろりと手拭を捲り上げた。

そうして、薄闇《うすやみ》の中、探るような目で真沙女を見る。

「まさか……。半井の奥さま……」

えっと、真沙女も女を見た。

「お久米《くめ》……。お久米なのですね！」

真沙女は甲張《かんば》った声を上げると、女の肩に手をかけた。

随分と窶《やつ》れ、目尻の辺りには深い皺《しわ》……。

すっかり面変《おもが》わりしてしまっているが、少し垂《た》れ気味の目や団子っ鼻は、嘗《かっ》て半井家で婢《はしため》をしていたお久米のものだった。

「奥さま……」

お久米は感極まったように、ウッと噎《むせ》んだ。

「おまえ、またどうして、こんなところに……」

そう言うと、お久米は堰《せき》を切ったように、はらはらと涙を零《こぼ》した。

何やら、事情がありそうである。

が、真沙女はおやっと首を傾《かし》げた。

お久米は真沙女が声をかけるまで、随分と具合が悪そうだったのである。

「お久米、おまえ、どこか具合が悪かったのではありませんか?」

真沙女が改めてお久米を覗き込むと、お久米はしゃくり上げながら、首を振った。

「申し訳ありません。あたし、まさか、奥さまだとは思わなかったものですから……」

お久米はワッと大声を上げ、路上に突っ伏した。

「まさか、奥さまにあんなとこを見られてしまうなんて……。申し訳ありません。あたし、奥さまには嘘が吐《つ》けません……」

そう言うと、お久米はああして突然差し込んだ振りをして、近づいて来た者の隙《すき》をつき、懐の財布を掠《かす》めるのだと言った。

「掠めるって……。それでは、護摩《ごま》の灰、掏摸《すり》ではありませんか！」

真沙女は思わず甲張った声を上げると、慌てて四囲に目をやった。

伊勢崎町《いせざきちょう》の茶店である。

人目も憚《はばか》らずに路上で泣きじゃくるお久米に困《こう》じ果て、なんとか茶店まで連れて来たのであるが、こうして灯《ひ》のあるところで改めてみると、袖口《そでぐち》の擦《す》り切れた紙衣《かみこ》を纏い、ざんばら髪をじれった結びといった摩枯《すりか》らした身形《みなり》で、一目でお久米が口過ぎに困っていることが窺《うかが》える。

だが、如何に糊口《ここう》を凌《しの》ぐためといっても、他人《ひと》の物を盗んでよいはずがない。

真沙女はカッと業《ごう》を煮やしたが、気を鎮《しず》めると、太息《ふといき》を吐いた。

「何故《なぜ》、そのようなことを！　恐らく、事情があるのでしょう。それは解っています。わたくしも半井が禄《ろく》召し上げとなってからというもの、奉公人たちの身の有りつきを案じてきました。おまえや梅吉《うめきち》、おせん、おかつ、又助《またすけ》……。各々《おのおの》に新たな奉公先を見つけ、嫁に出すものは嫁に出し、当時、めぼしき家財道具を全《すべ》て処分して、おまえたちに分け与えたつもりでいます。無論、あれで充分だったとは思っていません。だが、あの折、わたくしも旦那さまも、半井に出来ることは全てしたつもりでいるのですよ。わたくしはね、こうして浪々の身となり江戸で暮らしていても、国許《くにもと》のことを一日たりとて忘れたことがありません。だからこそ、夢之丞に発破をかけて、一日も早く半井家再興をと願ってきたのです。そのときが来たら、再び半井のために働いてやろうという者がいれば、悦んで迎え入れるつもりでもいました。だが、どうだえ？　女中頭だったお久米がこんな姿になっているとは……。貧乏やその日暮らしが悪いと言っているのではありません。わたくしとて、一歩間違えば、筍《たけのこ》生活……。だがの、どんなに立行《たちいき》に困難を来たそうとも、他人《ひと》に後ろ指を指されるようなことをしてはなりません。それが武家の生き様《ざま》であり、武家に仕《つか》えたおまえたちの生き様ではないか！　おまえは何年半井に仕えてきました？　他の奉公人ならまだしも、お久米だけはこのことが解っていると思っていたが、ああ……、なんということを！」

真沙女が身体をぶるると顫《ふる》わせる。

「解っています。解っているのです。申し訳ありません。けど、決して弁解するつもりではないのですが、あたしがこのような流れの身になりましたのは最近のことで、こうして雀色時《すずめいろどき》（夕暮れ）に路上に蹲っていても、まだ一度として、他人《ひと》の懐を掠めることに成功したことがありません。出来ないんです。やらなければ折檻《せっかん》されると解っていても、身体が硬直してしまい……」

お久米は怖《お》ず怖ずと紙衣の袖を捲った。

あっと、真沙女が眉根《まゆね》を寄せる。

鞭《むち》でぶたれたのか、蚯蚓《みみず》腫《ば》れが出来ている。

「それは……」

「六郷《ろくごう》の親分に折檻された跡です」

「六郷の親分？　それは、岡っ引きですか」

いいえ、とお久米は首を振った。

お久米の話によると、六郷の親分とは、表向きは口入屋《くちいれや》だが、実際は人買い、女衒《ぜげん》を生業《なりわい》とし、その裏で、窃盗一味を束《たば》ねている極悪人だという。

お久米は亭主の茂吉《もきち》が病《やまい》に臥《ふ》した折の借金が原因《もと》で、遊里《ゆうり》に売られかけたのだと言った。

「けれども、あたしは四十路を過ぎた婆さんで、しかも、このご面相《めんそう》です。大して金にならないと思ったのでしょう。あたしが身売りするくらいなら、この場で舌を噛《か》み切ってやると言いますと、闇六郷《やみろくごう》に廻《まわ》されました」

お久米は悔しそうに、きっと唇を噛んだ。

お久米の話では、闇六郷というのは、掻《か》っ払い、掏摸、板の間稼ぎ、置き引き、万引きといった、小盗人《こぬすびと》の集団だという。

だが、そこでも、お久米は抗《あらが》った。

殴られても蹴《け》られても、半殺しになりながらも、頑《がん》として、盗みなど出来ないと突っぱねたのである。

それで、いい加減六郷の親分も匙《さじ》を投げたのか、一味の塒《ねぐら》をお久米に管理させることにしたのである。

「闇六郷には女子供もかなりいましたので、彼らの食事の世話や、親分や兄貴分の身の回りの世話をするのです。それなら、あたしはお手の物です。如何に相手が悪党だといっても、人には違いありません。彼らも生きるために食べなくてはならないのだと思うと、ようやく、あたしの中で折り合いがつきましてね。けれども、先月、闇六郷に送られて来たおときという娘が、生まれつきなのか、知恵が遅れていましてね。身体は十七、八歳なのに、知恵は五歳の子にも劣る始末で……。親分はそれでも子供屋に売ろうとしたようですけど、引き取ろうという見世《みせ》がなかったのでしょうね。それで闇六郷に送られて来たのですが、おときは何をやらせても覚えが悪くて……。それで、毎日のように折檻されました。しかも、折檻だけならまだしも、何ひとつ、食べ物を与えようとしないのです。小太りだったおときが見る見るうちに痩《や》せてきて……。あたし、見るに見かねて、親分に申し出たんです。あたしがおときの代わりをします。もう二度と、盗みが嫌だなどとは言いません。だから、おときを許してやってほしい、この娘《こ》には、あたしが堺での仕事を教え込みます。そう言って、ようやく許してもらうことが出来たのです。雀色時、あたしが人気《ひとけ》のない道端に蹲るようになったのは、それからです。他人《ひと》って、結構、優しいのですね。四十路を過ぎた、こんな霜《しも》げた女《おな》ごが辛《つら》そうに蹲っていると、大概《たいがい》の者が、案じて近寄って来ます。中には、親切に抱え起こして背中をさすってくれたり……。目と鼻の先に、懐の財布が見えているのです。相手は油断していますからね。掠め取るのなんてわけがなかっただろうと思います。けど、あたしには出来なかった……。それでまた、折檻されて……。腕に煙草《たばこ》の火を押しつけられ、痛さでひと晩中涙を流し続けたこともあります」

「何故、逃げ出そうと思わなかったのですか」

真沙女は訝《いぶか》しげにお久米を見た。

本誓寺の壁に凭れかかり、獲物《えもの》を待つ間にも、逃げようと思えば逃げられたはずである。

すると、お久米は哀《かな》しそうに首を振った。

「逃げたところで、すぐに、六郷の手下《てか》に捕まってしまいます。霊巌寺のあの通りに、一体、何人の手下がいたと思います? 彼らは通行人の振りをして、自らも獲物を狙《ねら》いながら、あたしたち雑魚《ざこ》を見張っているのです。恐らく、現在《いま》も、茶店の周囲《まわり》で、奥さまとこに入ったあたしを見張っているでしょう」

真沙女がえっと辺りに目を配る。

茶店の床几《しょうぎ》に虚無僧《こむそう》が坐り、その向こうに、担《にな》い売りらしき男、そして、六歳ほどの娘を連れた女ご……。

そうして、通りへと目を移すと、見世の前をお店者《たなもの》らしき男が通って行く。

彼らのうち、誰が一味の者かは判断できないが、言われてみると、どこかしら、目に見えない刃《やいば》のようなものが飛んで来る。

真沙女の胸に緊張が走った。

とにかく、お久米をこのままにしてはおけない……。

「お久米、いいですか。よくお聞き」

真沙女は少し声を落とした。

「いいですか？　わたくしがおまえをこの世界から抜け出させてみせます。おまえはわたくしがこれから何を話しても、黙って、頷《うなず》くのです。平然とした顔をして、わたくしの後からついて来るのですよ。いいですね？　決して、傍を離れるのではありませんよ」

真沙女はそう言うと、茶汲女《ちゃくみおんな》を呼び、お代を払った。

そうして、立ち上がると、態《わざ》と声山《こえやま》を立てた。

「どうやら、癪《しゃく》も治まったようで、良かったですこと！　だが、いつまた差し込むやもしれませんからね。うちに癪によく効く薬がありますので、ついていらっしゃい。そうそう、おまえさま、お針も出来るのですって？　では、ついでといってはなんですが、仕立もお頼みしましょうかね」

お久米が呆然《ぼうぜん》とした顔をして、真沙女を窺う。

「さあさ、参りましょう。おまえさまが提灯をお持ちで、本当に助かりました」

真沙女はお久米に目まじすると、海辺橋《うみべばし》に向かって歩いて行く。

が、背中に目を貼りつけるようにして、全神経を背後へと配っていた。

真沙女も半井に嫁ぐまでは小太刀《こだち》を嗜《たしな》み、薙刀《なぎなた》にかけては師範級の腕を持っている。

夢之丞を産んでから武術とは縁遠くなっているというものの、昔取った杵柄《きねづか》とはよく言ったもので、現在《いま》でも、礫《つぶて》の一つや二つから身を躱《かわ》す術《すべ》は知っている。

案の定、背後から睨《ね》めるように、視線が飛んで来た。

が、殺気は感じない。

大方、女ごと思って侮《あなど》っているのだろうが、そうは虎《とら》の皮。真沙女のほうが上手《うわて》であった。

熊伍《くまご》親分の顔が、頭を掠めたのである。

ここは伊勢崎町……。

海辺橋の手前を右に折れると、熊伍親分の女房おはるが営む、八文屋《はちもんや》があると聞いている。

お久米をこのまま冬木町まで連れ帰り、後を夢之丞に託そうかと思っていたが、肝心《かんじん》の夢之丞は常に鉄砲玉……。

いつ帰って来るやもしれない者を待つほど、心許《こころもと》ないものはない。

「さあ、そこの角を右に曲がったら、すぐだからね。丸熊《まるくま》という八文屋を知ってるかい？　妹の亭主が十手《じって》を預かっていてね。あたしはそこで厄介《やっかい》になっているんだよ！」

真沙女は態と蓮《はす》っ葉《ぱ》に鳴り立ててみせた。

その刹那《せつな》、背後から人の気配がすっと消えた。

なんと、熊伍親分の威力の絶大なこと！

真沙女はくくっと含み笑いをする。

そうして、角を曲がり、さっと背後に鋭い視線を投げかけた。

しんとした、闇が広がっていた。

堀沿いの道から新道《しんみち》に入ると、丸熊と書かれた赤提灯《あかちょうちん》が目に飛び込んできた。

熊伍の女房おはるは忙《せわ》しそうに鉢盛りになった惣菜《そうざい》を小皿に取り分けていたが、真沙女を見ると、呆気《あっけ》に取られたように菜箸《さいばし》を止めた。

どうやら、居酒屋より格下の八文屋に、凡《およ》そ不釣り合いと思える紋付姿の、品の良い女性が現われたので、余程驚いたとみえる。

おはるが驚くのも無理はなかった。

四文屋、八文屋、十三文屋といった煮売り屋は飯台《はんだい》があるわけではなく、床几に腰かけただけで、酒から煮染《にしめ》、お浸《ひた》し、煮魚などの肴《さかな》を均一料金で食わせる見世で、従って、女ごの客はまず以《もっ》て皆無といってもよいだろう。

そんな見世に、正装をした武家の女ごが顔を出したのであるから、提灯に釣鐘《つりがね》……。

おはるが天秤棒《てんびんぼう》が上へ反《かえ》ったと思ったところで、不思議はなかった。

「こちらは伊勢崎町の親分のお宅と拝見しましたが……」

真沙女が訪《おとな》いを入れると、おはるは慌てて姉《あね》さん被《かぶ》りにした手拭を取り、ぺこんぺこんと何度も頭を下げた。

歳《とし》の頃はお久米とおっつかっつであろうか、化粧気のない丸顔をしていて、こめかみに即効紙《そっこうし》を貼っている。

「親分はご在宅でしょうか？」

おはるはまたぺこんと頭を下げた。

「なんでェ、飛蝗《ばった》みてェに、ぺこぺこ腰を折りゃあがってよ！　おォい、親分、おめえさんに客だとよ！」

床几に坐っておでんをぱくついていた職人が、奥に向かって大声を上げた。

鰻《うなぎ》の寝床のように、奥に細長い見世である。

すると、見世と奥とを仕切った障子が開き、ぬっと熊伍のじゃみ面《づら》が現われた。

「誰でェ……。俺《おり》ャ、今帰《けえ》ったところで……。あっ、こりゃまた……。半井の御母堂《ごぼどう》ではありやせんか。えっ、まさか……。えっ、一体《いってえ》？」

熊伍は途端に挙措《きょそ》を失った。

それで、おはるも真沙女を夢之丞の母と察したようである。

おはるが気後れしたように、そっと寄って来る。

「まあま、半井の奥さま。亭主がいつもご迷惑をおかけしています。今日はまた、何か……」

おはるが擦《す》り手をしながら、取ってつけたような笑《え》みを浮かべる。

「てめえ、このどち女《あま》が！　いいから、引っ込んでな！」

熊伍がおはるを押し退《の》ける。

真沙女はつと眉根を寄せたが、思い直すと、実は、折り入ってご相談が……、と熊伍に囁《ささや》いた。

「相談……。へっ、そりゃ構やしやせんが……。じゃ、ちょいと三桝《みます》にでも行きやすか？　それとも、あっしがお宅に伺《うかが》っても構やしやせんが……」

熊伍が言いながら八文屋の店内をさっと見回す。

「いえ、それが……。実は、些《いささ》か事情がありまして、現在《いま》、わたくしたちが表に出るわけには参りませんの」

真沙女がちらと表に目を配り、再び熊伍に視線を戻すと、勘の良い熊伍はそれで全てを察したようである。

「成程、誰かに跟《つ》けられてるってことか……。へっ、ようがす。じゃ、少々むさ苦しいが、二階へ上がってもらいやしょうか」

熊伍はおはるに二階に茶を運ぶように目で合図すると、再び、先程出て来た障子を潜《くぐ》った。

障子の外は、二階に通じる階段となっていた。

どうやら、二階が熊伍たちの住居となっているようである。

一階の見世と同じ広さが住居だとすれば、四畳半一間で夢之丞と鼻を突き合わせて暮らす真沙女から見れば、かなりの贅沢《ぜいたく》に思えた。

が、二階に上がってみると、言葉通り、なんともはや、むさ苦しい。

居間と思える六畳間には、熊伍が脱ぎ捨てた丹前や浴衣《ゆかた》があちこちに放り出されているし、長火鉢の猫板には食い散らした煎餅《せんべい》や徳利《とっくり》……。

熊伍が慌てて脱ぎ捨てた衣類を隣室に投げ入れ、座布団を持って来る。

「随分と広いのですね」

真沙女の言葉に、熊伍は、ヘン、と鼻を鳴らした。

「広かァねえや、こんなもん。奥行があるだけで、使い勝手が悪《わり》ィのなんのって……」

熊伍は蕗味噌《ふきみそ》を嘗《な》めたような顔をすると、坐れ、と顎《あご》をしゃくった。

「早速でございますが、実は……」

真沙女は出された座布団を当てると、嘗てお久米が半井家の女中頭をしていたことや、今し方、本誓寺の傍で起きたことなどを掻い摘んで話した。

途中、おはるが茶を運んで来て、興味津々とばかりに聞き耳を立てたのを熊伍が怒鳴りつけたのはご愛嬌《あいきょう》として、熊伍には概《おおむ》ね事情が摑《つか》めたようだった。

「闇六郷のこたァ、此《こ》の中《じゅう》、俺も探っていてよ。ところが、悪知恵の廻る連中でよ。危険を察知する能力にかけちゃ、天下一品だ。そのため、ここぞと目星をつけて踏み込んでみると、大概《てえげえ》が塒を変えた後でよ……。おっ、おめえがいた塒てェのは、どこにある?」

熊伍がじろりとお久米を睨めつける。

お久米は怯《おび》えたように、畳に目を落とした。

「扇橋町《おうぎばしちょう》です。でも、そこは二月《ふたつき》ほど前からで、その前は八右衛門新田《はちえもんしんでん》の中に造った蒲鉾《かまぼこ》小屋《ごや》でした」

「ほれ、これだよ……。何しろ、塒を次々と変えていき、おまけに、痕跡《こんせき》すら残しちゃいねえんだからよ！　今頃になって、この女ごに扇橋町の塒まで案内させたところで、大方、蛻《もぬけ》の殻《から》だろうて……」

「と言うことは、つまり、闇六郷はもうお久米の行方《ゆくえ》は追わないと？」

「この女ごが一人にさえならなきゃ、闇六郷は手も脚も出ねえってことさ。だって、そうだろう？　御母堂が一芝居を打ったお陰で、奴ら、この女ごが俺の手に落ちたと知ったわけだからよ。奴らも莫迦《ばか》じゃねえ。俺に目をつけられたらどうなるかってことくれェ解ってるからよ」

「親分、おまえさまという男《ひと》は、なんですか！　黙って聞いていると、先程からお久米のことを、この女ご、この女ご、と何度お言いだえ？　お久米には久米という立派な名前があるのですよ。名前でお呼びなされ！」

真沙女に鳴り立てられ、熊伍は啞然《あぜん》としたように目を丸くした。

「へっ……。そりゃ失礼を……」

「解ればいいのです。では、話を戻しますが、すると、闇六郷はお久米が親分から離れなければ、手出しをしないというのですね。で、それはいつまで？」

「いつまでって……。ああ、奴らが諦《あきら》めるのは、いつかってことか。さあて、そいつは奴《と》らがこの女ご、いや、お久米に幾ら金を払ったかによるわな。おめえさん、亭主の病が原因《も》で借金の形《かた》に取られたと言ったが、一体《いってえ》、幾ら借りた？」

熊伍がお久米を覗き込む。

お久米は肩を丸め、消え入りそうな声で答えた。

「二両です」

「二両……」

「……」

真沙女も熊伍も呆然とした。

高々二両ほどの金で、病の亭主を置き去りにし、借金の形に身売りを強《し》いられるとは……。

お久米は亭主の薬料が払えず、金を持って来なければ二度と薬を渡せないという町医者の言葉に、思い倦《あぐ》ねて、高利の金を頼ったのだと言った。

だが、当初借りた二両は瞬《また》く間に四両となり、十両になった時点で六郷の親分に引き渡され、その間に、労咳《ろうがい》を患《わずら》った亭主も息を引き取った。

「亭主は茂吉といいまして、畳表の職人でした。奥さまの元を離れた後、国許で祝言を挙《あ》げ、あのまま国許にいましたらまた違ったのでしょうが、うちの人の腕を見込んだ深川今川町の畳屋から声がかかりまして、十年ほど前に、二人して江戸に出て参りました。けれども、田舎者《いなか》のうちの人には江戸の水が合わなかったのでしょうね。三年ほど前から、病の床に就《つ》くようになりました。そうなると、周囲《まわり》は冷たいものです。うちの人が息災な頃には、おまえさんがいなければ、とても献上畳《けんじょうだたみ》は作れない、おまえさんの右に出る者はいない、と持て囃《はや》していた連中までが、掌《てのひら》を返したようにそっぽを向きましてね。代わりに、あたしが料理屋の下働きをしたり、針仕事をしながら、なんとか立行してきましたが、とうとう、薬料にも事欠くようになり……。あたし、何が心残りといって、うちの人の最期《さいご》を看取《みと》ることが出来なかったことほど、心残りなことはありません」

お久米は項垂《うなだ》れ、そっと目頭を押さえた。

真沙女の胸もじくりと疼《うず》く。

もっと早く、お久米が江戸にいることを知っていたならば……。

二両ほどの金でお久米を苦界《くがい》に落とすことなく、自分にも何か出来たであろうに……。

が、そんなふうに自責の念に駆られてみたところで、二度と後戻りは出来ない。

現在《いま》、真沙女に出来るのは、お久米を闇六郷の手から救い出し、今後の身の有りつきを考えてやることだけなのである。

「親分」

真沙女は改まったように熊伍を見た。

「お久米の借りた二両は、わたくしが払います。それとも、六郷の親分に十両払わなくてはならないのでしょうか。ええ、いいでしょう。それで、きっぱりお久米と縁を切ってくれるというのであれば、清水《きよみず》の舞台から飛び下りたつもりで、十両お払いしましょう。ですから、この際、何がなんでも、きっぱりと区切《けじめ》をつけてもらいたいと思います」

熊伍が驚いたような顔をして、真沙女を見る。

それは、真沙女が十両もの大金を持っていることに驚いたからのようでもあり、予想だにしなかった、真沙女の気っ風《ぷ》の良さや鯔背《いなせ》ぶりを垣間《かいま》見たからのようにも思えた。

「十両なんて天骨《てんこち》もねえ！　なに、二両にしたって、払う必要はねえんだ！　土台、奴らはご法度《はっと》を犯して高利を貪《むさぼ》ってるんだからよ。お久米は閻六郷の塒で今まで下働きをしてきたんだ。それでもう充分に借りた金は返したことになる。堂々としていりゃいいのよ、堂々とよ！」

「けれども、借りた金は返さなければなりません。お久米は二両借りたわけですから、それはお返しするとして、金利は今までお久米が無償《むしょう》で働いたことで帳消しにしていただく……。虫のよい話かもしれませんが、親分からそのように話をつけてもらえないでしょうか」

「何がなんでも返してェ《けえ》というのなら、そりゃ構わねえがよ。奴らが雲隠れしちまったんじゃ、六日の菖蒲《あやめ》……。とにかく、奴らをひっ捕まえるのが先決だ。だがよ、俺が出張ったんじゃ、奴ら、ますます逃げ隠れするだけでよ。こういうときこそ、夢さんの出番だっつゥのによ……。あっ、いけねえ！」

熊伍が慌てて真沙女の顔色を窺う。

真沙女はふふっと肩を揺らした。

「出入師《でいりし》の出番だとおっしゃるのですね」

あっと熊伍が息を呑《の》む。

「知っておいでで？」

「わたくしの目を節穴だと思わないで下さいまし。鴨下《かもした》道場の手当だけで、夢之丞があのような暮らしぶりが出来るはずがありません。親分との繋がりや、時折、まるでこそ泥みたいに目の先をちらちらと掠める鉄《てつ》とか伊之《いの》とかいう男の存在……。ふふっ、あの者はわたくしが何も気づいていないと思っているのでしょうが、全てお見通しです。けれども、伝え聞きますに、出入師という仕事は、争い事や揉《も》め事の仲裁に入り、双方丸く収めて謝《ひ》礼を貰《もら》うのを生業とするというではないですか。ならば、真っ当な仕事……。決して、他《と》人さまに後ろ指を指されるような仕事ではないのですから、わたくしは夢之丞を責める気にはなれません」

真沙女は言いながら、不思議な気がした。

まさか、自分の口からこのような言葉が出てくるとは……。

だが、これは真《まこと》のことよ……。

そう思うと、途端に気が軽くなった。

「そうですね。親分が申されるように、夢之丞に相談してみましょうかね。ふふっ、わたくしから仕事を頼むと言われたら、あの子、一体どんな顔をするでしょう。ああ、愉《たの》しみだこと！」

真沙女はあっけらかんと言い切った。

熊伍が目を白黒とさせる。

それを見て、また、真沙女はくくっと肩を揺すった。

「それで、お願いがございます。暫《しばら》くの間、お久米をここで預かっていただくわけにはいかないでしょうか」

真沙女は意を決して、熊伍に訊《たず》ねてみた。

「そりゃそうだよな。如何になんでも、あの治平店《じへいだな》に大人が三人じゃ、狭すぎるよな？　よいてや！　乗りかかった舟だ。面倒を見ようじゃねえか！　まっ、うちは二階に三部屋あるからよ。むさ苦しいのには目を瞑《つぶ》ってもらうとして、おめえさんの身の有りつきが定まるまで、好きなだけいてくんな」

熊伍が快く言ってくれ、真沙女はほっと胸を撫《な》で下ろした。

お久米を治平店に引き取ったとして、部屋が狭くなるのは我慢できるとしても、六郷の手下がまだどこかでお久米が出て来るのを待ち構えているかもしれないというのに、女二人で、後を跟けて来いとばかりに夜道を歩くのは、どう考えても愚《ぐ》の骨頂《こっちょう》……。

「そう言っていただけると、助かります。むさ苦しいだなんてとんでもありません。お久米が瞬く間に掃除をしてみせますよ。ねっ、そうだろう？　おまえは掃除や勝手仕事はお手の物ですものね。そうだ、見世の賄《まかな》いも手伝わせて下さいな。お久米は料理が上手《うま》いのですよ。国許にいました頃、お久米の作るものはなんでも美味《おい》しく頂き、亡くなった主人もわたくしも、今日は何が出てくるのだろうかと、それはそれは愉しみにしていましたのよ」

「ほう、そいつァいいや。おはるが悦ぶだろうて。まっ、うちは見ての通りのちんけな見世だが、これでも八文屋の商いは結構繁盛していてよ。常から、賄いを雇えと口が酸っぱくなるほど言っているんだが、おはるの奴、これがなかなか吝《しわ》くてよ。賄いに払う金が勿体《もっ》ねえ。自分一人で事が足りているのだから放っておいてくれと、頑として、言うことを聞きやしねえ……。まっ、そんな理由《わけ》だから、給金を当てにしてもらっちゃ困るんだが、うちにいる間は食うには困らねえし、六郷の手下が手出しをしようにも、どうにもなりゃしねえからよ」

「給金なんて、滅相もございません。寧《むし》ろ、わたくしどものほうから、某《なにがし》か、お久米の食い扶持《ぶち》としてお払いしなければならないのですが、お内儀《ないぎ》の手足となって働くことで許していただけるのであれば、これほど有難《ありがた》いことはありません。わたくしどもと致しましては、早速、夢之丞と相談を致しまして、六郷との区切《けじめ》をきっちりつけさせます。そのうえで、お久米の今後の身の有りつきを考えたいと思いますので、今暫く、お久米のことを宜《よろ》しくお願い致します」

真沙女は威儀を正すと、深々と頭を下げた。

帰りしな、おはるにも、お久米を暫く預かってもらうことになったので、くれぐれも宜しく頼む、と頭を下げると、またもや、おはるは飛蝗のようにぴょこんぴょこんと腰を折った。

熊伍はおはるのことを吝い女ごと揶揄《やゆ》したが、たいもない。

真沙女が見るに、これがどうして、なかなか気の善《よ》い女ごのようである。

が、真沙女はしっかりと、止《とど》めの一手を打つのも忘れなかった。

「今日は横網町《よこあみちょう》の両替商吉富の娘ごの祝言がありましてね。これは引き出物として出されたお重ですが、どうぞ、皆さまで召し上がって下さいまし」

真沙女は満面にふわりとした笑みを湛《たた》え、持参した風呂敷包みをおはるに差し出した。

滅多なことでは、庶民の口に梅本《うめもと》や平清《ひらせい》といった高級料亭の料理が入ることはない。だからこそ、後でお重をつつき合い、美味《うま》いだの、見かけ倒しで大したことはないだのと言い合うのも、どこかしら胸が透くというものである。

案の定、おはるは弾《はじ》けそうな笑顔を見せた。

「まあ、吉富の祝言ですって？　一体、どこのお料理かしら……」

「日頃、吉富は梅本を使うことが多いようですが、さあ、今日は婚礼なので、もしかすると、平清かもしれませんね」

「まっ、梅本ですって？　ええっ、平清！」

おはるが興奮したように、甲張った声を上げる。

「夢之丞さまにお持ち帰りにならなくて宜しいのですか？」

「いえ、あの者は既にどこぞで夕餉《ゆうげ》を済ませているでしょう。どうぞ、お気になさらず召し上がって下さいませ」

真沙女はそう言うと、丸熊を後にした。

刻は既《すで》に六ッ半（午後七時）を廻った頃であろうか。

堀沿いの見世という見世の軒行灯《のきあんどん》に灯《とも》が点り、仙台堀《せんだいぼり》を行き交う猪牙《ちょき》の舳先《へさき》にも、提灯がちらちらと揺れている。

どうやら、六郷の手下は姿を消したようである。

真沙女はふうと肩息《かたいき》を吐くと、海辺橋を渡り、蛤町《はまぐりちょう》のほうへと折れた。

蛤町に入った頃、ちらとおりゅうの顔が頭を過ぎった。

どうせ、今宵も夢之丞はほおずきであろう……。

今朝、今日が静乃の婚礼の日だと告げると、夢之丞はけろりとした顔をして、そうですか、それは目出度《めでた》い、と言っただけだった。

別に、悔しがったり、驚いたりしてくれとまでは言わないが、木で鼻を括《くく》ったような、あの物言い……。

だが、そこが、いつまでもいじいじと物事に執着《しゅうちゃく》しない、夢之丞の良いところでもある。

まっ、せいぜい機嫌よう、今宵もお酒を上がっておいでなさいませ……。

真沙女は胸の内で呟《つぶや》き、冬木町へと脚を速めた。

が、どうしたことだろう。

路次口に入り、部屋の前まで来ると、腰高障子の奥に、灯《あか》りが見えた。

おやまっ、なんて珍しいこと……。

狐《きつね》に摘まれたような想《おも》いで障子を開けると、長火鉢の前に夢之丞が蹲っているのが目に入った。

「夢之丞、そなた、帰っていたのですか」

そう言うと、夢之丞は顔を上げた。

行灯《あんどん》の灯に照らされた夢之丞の顔は、今まで見たこともない、険《けわ》しい表情である。

「まあ、怖いお顔……。どうかしましたか?」

「……」

「夢之丞、母は訊ねているのですよ! どうしたというのです」

「いえ、なんでもありません。少し疲れただけです」

「疲れた? そなたの口から疲れたなどという言葉が出るとは……。具合でも悪いのですか?」

言いながらも、真沙女は夢之丞の額に手を運ぶ。

「熱はないようだの。で、夕餉は? 夕餉は済ませましたか?」

「夕餉……。いや、まだ……」

「なんと、夕餉がまだとな? それはいけない。ああ、こんなことなら、吉富の送り膳を持って帰るのでしたよ。まさか、今時分までそなたが夕餉を済ませていないとは思わなかったものだから、熊伍親分の八文屋に置いてきてしまいました。では、湯漬《ゆづけ》の仕度《したく》を致しましょう。お菜《さい》は佃煮《つくだに》しかありませんが、それでいいですね？」

真沙女は紋付の上に前垂《まえだ》れをつけると、両袖を帯に挟み、厨《くりや》へと立った。

「丸熊に行ったですと！　何故また……」

「そう、そのことなのですがね。そなたに相談があるのです。だが、まず、腹ごしらえを……」

真沙女が箱膳《はこぜん》を手に戻って来る。

箱膳の上には、茶碗《ちゃわん》と佃煮の入った小壺《こつぼ》に箸《はし》……。

朝炊いた飯がお櫃《ひつ》に入っているので、後は長火鉢にかけた鉄瓶の湯が沸くだけ……。

湯漬なので造作《ぞうさ》もない。

「夕餉にしては粗末ですが、そなたは日頃贅沢をしているのです。まっ、今宵はこれで辛抱なさいませ」

しゅんしゅんと鉄瓶の鳴る音を合図に、真沙女が急須にお茶っ葉を入れ、飯を装《よそ》う。

「そなた、国許で女中頭をしていたお久米を憶《おぼ》えていますか？」

「お久米……。ああ、黒豆をふっくらと仕上げる？　あの女《ひと》のお節《せち》は美味かったなあ……。そう、松茸《まつたけ》の季節になると必ず作ってくれた、う、うずみ……。わたくしはあれ以来うずみを食べていませんよ」

「そう、そのお久米です。そのお久米がね、なんと、江戸に、いえ、この深川にいるのですよ」

「深川に？　お逢《あ》いになったのですか！」

「それがね……」

真沙女は思いがけないことでお久米に再会し、現在《いま》、熊伍親分に預かってもらっているのだと経緯を説明した。

「わたくしはね、お久米の話を聞きながら、胸が痛みました。半井があんなことになり、わたくしたちは已が生きていくのに筒一杯《つついっぱい》で、使用人の行く末にまで考えが及ばなかったが、遠く離れているのならまだしも、こんなにすぐ近くで、お久米が辛酸《しんさん》を嘗めていたとは……。二両ですよ。高々二両の金がために身売りを強いられ、掏摸紛《まが》いのことをやらされていたのですからね。わたくしはお久米の話をよく聞きもせず、どんなに立行に困難を来たそうとも、他人《ひと》に後ろ指を指されるようなことをしてはなりません。それが武家の生き様であり、武家に仕えたおまえたちの生き様ではないか、と責めたことに忸怩としました。お久米は自分のためにお金が必要だったのではありません。病のご亭主をなんとか助けようと、夜《よ》の目も寝ずに働き、それでも尚、二両の金が必要だったのです。熊伍親分の話では、町医者と薬種問屋、金貸しは恐らくグルであろうということです。そして、彼らの上には、更に、六郷の一味が……。ねっ、これが放っておけますか？　母は心を決めましたぞ。お久米が借りた二両はこの母が払います。それで、そなたに頼みがあるのですが、六郷の親分を捜し出し、話をつけてきて下さいな」

湯漬を啜《すす》っていた夢之丞は、思わず飯粒を噴き出しそうになった。

「お待ち下さいませ。母上はこのわたくしに六郷の親分と渡引《わたりひき》をしろと仰《おお》せで？」

「渡引というのですか？　そう、それです。まさか、そなた、この母から謝礼を取るというのではないでしょうね？　いえ、どうしても払えというのであれば、払いますよ。だが、お久米はそなたにとっても大切な女ご……。そなた、お久米に襁褓《むつき》を替えてもらったのを忘れたのですか？　夜泣きの酷《ひど》いそなたを何度お久米があやして寝かしつけてくれたことか……。竹馬や独楽回《こま》しを教えてもらったのを憶えていないのですか！」

やれ……、と夢之丞は太息を吐く。

竹馬や独楽回しというのならまだしも、襁褓を替えてもらったことまで憶えているわけがない。

「母上、思い違いをなさらないで下さいませ。わたくしは渡引をするのが嫌だと言っているのではありません。無論、母上から小づりを貰おうなんて思ってもいません。ただ、何ゆえ、母上がわたくしの裏稼業……、つまり、……」

「出入師をしていることを知っているかというのですね」

あっと夢之丞は絶句した。

「ご存知だったのですか……。えっ、すると、熊伍親分が？」

真沙女がほほっと口に袂《たもと》を当てる。

「親分から聞いたのではありません。母はもう随分前から気づいていました。そなたが度々持ち帰る一両、二両という金が、鴨下道場から出るわけがないではありませんか。それに、そなたの周囲《まわり》を胡乱《うろん》な顔をして彷徨《うろつ》く鉄とか、伊之とかいう男……。あの者たちと連《つる》んで何かやっていることくらい、お見通しですよ。だが、仮に、それが人の道に外れるようなことであれば、熊伍親分が黙っているはずがありませんからね。それで、今日まで、見て見ぬ振りを通してきたのです」

「そうですか……。どうか、今日まで秘密にしてきたことをお許し下さいませ。何しろ、母上もお気づきのように、道場からの手当を期待するのは猿猴《えんこう》が月……。さりとて、他に纏まった金を用立てる術もなく、母上だけには金の不自由をさせたくないと思いまして……。といいましても、母上はわたくしが持ち帰る金を、いつか仕官が叶う日のためにと、全て溜《た》め込んでしまわれましたが……。いえ、わたくしが言いたいのはそういうことではなく、母上は六郷の親分と渡引をしろと簡単にお言いですが、その所在は？　所在が判《わか》らないのでは、渡引にもならないではありませんか。それとも、お久米が六郷の塒に案内するとでも言っているのですか？」

「それがのっ……」

真沙女はつと眉根を寄せると、

「親分の話では、現在《いま》、お久米が扇橋町の塒に案内したところで、恐らく、蛻の殻だろうということでな」

と言った。

「では、わたくしとて、手も脚も出ないではありませんか」

「ところがです。犬も朋輩《ほうばい》、鷹《たか》も朋輩……。熊伍親分や町方には判らないことでも、鉄という男には判るかもしれないというではないか。親分の話では、牛は牛連れ、あの男ならちょこまかとどこにでも入り込むことが出来るし、そのうえ、地獄耳だとか……。ですから、その男を使って、一刻も早く六郷一味の住処《すみか》を探り、そこからが、そなたの出番……。と、まあ、これは全て親分が言ったことなのですがね。けれども、母は安堵《あんど》いたしましたぞ。おや、どうしました？　お代わりをしないのですか？」

　一体、真沙女という女は……。

　三十年近く傍にいて、夢之丞には未《いま》だ真沙女という女が理解できない。

「では、母の頼みを聞き入れてくれたのだね？　ああ、良かった！」

　真沙女が戯《おど》けたように、胸前で手を合わせる。

「ところで、先程、何やら昏《くら》い顔をしていたが、何があったというのだえ？」

「いえ……、それは……」

　夢之丞は口籠《くちご》もる。

　現在《いま》は、薩摩藩《さつまはん》に用心棒として雇われた紀藤直哉《きとうなおや》が行方不明となり、悪くすれば、殺《や》られたかもしれないと、とても真沙女に話す気になれない。

「早速、明日より鉄平《てっぺい》に六郷一味の塒を探らせます。ですが、わたくしが動くのは、もう二、三日、お待ち下さいませ」

そう言うのが精一杯だった。

真沙女が訝しそうに夢之丞を窺う。

その目を払うように、夢之丞は茶椀を突き出した。

「湯漬のお代わりを頂きましょうか！」

鴨下弥五郎《やごろう》の元に、池田謹也《きんや》から紀藤直哉が薩摩藩の抗争に紛れ、行方不明になったと文が届いたのは、その日の夕刻のことであった。

夢之丞が門弟たちに稽古《けいこ》をつけ、井戸端で汗を流していると、居間のほうから弥五郎が声をかけてきた。

「半井、急ぐのか」

諸肌脱《もろはだ》ぎとなった夢之丞は、手拭で汗を拭いながら、いえ、と答えた。

「では、ちょっとこの文を読んでくれないか」

「文？　どなたから……」

「池田だ。薩摩藩御用達《ごようたし》の紙問屋が届けてきたのだが、正月に突如来訪した折の礼や、儀礼的な季節の挨拶《あいさつ》だけかと思っていたのだが、どうもそうでもないらしい……。まあ、読んでみるがよい。紀藤直哉という男のことが書かれているのでな」

「えっ……。お待ち下さいませ」

夢之丞は慌てて道場に戻ると、常着《つねぎ》に着替えて居間へと廻った。

弥五郎の女房満枝《みつえ》が茶を運んで来る。

「すぐにお酒の仕度を致しましょうね。今日は独活《うど》やこごみ、たらの芽といった春野菜を沢山頂きましてね。天麩羅《てんぷら》にすることにしましたの」

いつ見ても、満枝は長閑《のど》やかである。

「いえ、今宵は……」

日頃の夢之丞には考えられないことだが、珍しく躊躇《ためら》った。

どうやら、池田からの文に紀藤のことが書かれていると聞いただけで、既に恐慌を来たしていたようである。

「あらっ……」

満枝はくすりと笑った。

満枝は、どうせそんなことを言ったって、結句《けっく》、召し上がるのでしょう、といった顔つきである。

が、夢之丞は構わず、池田からの書状を手にした。

文には、正月に厚かましくも来訪し、久し振りに弥五郎に逢えて愉しいひとときが持てたと感謝の意が綴《つづ》られ、続いて、三月末に深川の舅が薬石効《やくせきこう》なく六十二歳でこの世を去ったことや、正月来訪した折、夢之丞から聞いた紀藤直哉という男が、藩内の抗争に巻き込まれ、消息知れずと認《したた》められていた。

抗争というのは、お由羅騒動《ゆらそうどう》の処罰に不満を持った斉彬《なりあきら》派と斉興《なりおき》派との下士同士の争いだという。

ところが、藩はこの件を与《あずか》り知らぬと、抗争そのものがなかったことと処理した。が、両派には十数名の死傷者が出ていた。

それで、夢之丞から聞いていた紀藤がこの件に係《かか》わったかどうか池田が探ってみたところ、紀藤が抗争に加わっていたと証言する者がいるのにも拘《かか》わらず、死者の中にも無事帰還した者の中にも、紀藤の姿はなかったという。

「これは……。一体、どういうことなのでしょう」

夢之丞は書状を手に茫然《ぼうぜん》とした。

「それよ……。俺にもその点が釈然としなくてよ。池田のこの文面から推測するに、紀藤が抗争の最中《さなか》、突如、臆病風《おくびょうかぜ》に吹かれてとんずらしたか、はたまた、致命にまで至らずとも、かなりの深手を受け、満身創痍《まんしんそうい》、どこかに逃げ延びたか……。その場合は、生死は定かでないということだ。が、いずれにせよ、俺は紀藤という男を知らないからよ。半井なら、紀藤がどういう男なのか解るのではないかと思ってよ。その男、いざというとき、怯《きょう》臆《おく》するような男か?」

弥五郎が夢之丞を窺う。

「まさか！　紀藤はそんな腰抜けではありません。あの男にはもう失うものが何ひとつないのです。ですから、仮に、抜き差しならない状況に追い込まれたとしても、奴に限って、後足《しりあし》を踏むなど！」

夢之丞はまるで自分が小心者と揶揄されたかのように、さっと頰を朱に染めた。

「ならば、手負《てお》いを受け、現在《いま》もどこかで生死の境を彷徨《さまよ》っているとも考えられるのっ」

夢之丞は絶句した。

それもまた、想起したくないことである。

大柄で無骨者《ぶこつもの》、どこかしら弁慶《べんけい》を想わせる紀藤と死は、どう考えても結びつかない。

が、その弁慶でさえ、主人《あるじ》への忠義のため、無数の矢を受け、果てたのである。

だが、紀藤の場合、主人とは……。

島津《しまづ》斉彬……。

まさか……。

親代々、薩摩藩の禄を食《は》んできた紀藤は、藩財政立て直しの一環として、些細《ささい》な失態が原因《もと》で藩を追われ、再び、用心棒として斉彬派に雇われた。

そんな男であるから、用済みとなれば、いつまた藩を追われるやもしれない。

そのことは、紀藤自身も解っているはずだし、ましてや、あの男には斉興派も斉彬派もないのである。

それがしの故郷《くに》は薩摩だ。紀藤の家は代々薩摩藩士であり、根っからの薩摩人《さつまびと》なのだ。

つまり、薩摩藩は家族も同然……。

常から、紀藤はそう言っていた。

そんな紀藤であるから、薩摩藩が二つに割れ、血で血を洗うことほど哀しいものはないだろう。

そして、紀藤はこうも力説していた。

薩摩の行く末を想い、我が国の行く末を想うと、外夷《がいい》の脅威にさらされた現在《いま》、安閑《あんかん》と座視してはいられない……。

恐らく、誰かの受け売りであろうことは、夢之丞にも容易に想像できた。

武術に長《た》け、一方、見事といってよいほど朴直《ぼくちょく》で、他人《ひと》の言葉を鵜《う》呑みにしてしまう紀藤である。

夢之丞が思うに、外夷の脅威には、武力で立ち向かったところで、到底、勝目《かちめ》がない。

それより、異国と対等に付き合う方策を考えるほうが得だということに、何故、紀藤は気づこうとしない……。

そう思ったときである。

ふと、紀藤はどこかで生きているような気がした。

おいどんは一度《ひとたび》地獄を見て来もうした。よって、今や、怖いものなどござらん!

そのとき、そのときで、生きたいように生きるまでよ!

耳許で、紀藤が囁いたように思えたのである。

夢之丞はきっと顔を上げた。

「明日にでも、高輪《たかなわ》に行って参ります」

「下屋敷にか」

「池田さまに逢い、もう少し詳しい話を聞きとうございます」

「だがの、果たして、池田に目通り出来るであろうか。池田は下士層の剣術指南といっても、急遽《きゅうきょ》、薩摩に仕官が叶った雇衆《やといし》も同然……。そうそう藩が外部の者と接触することを許すとは思えないからよ。と言うのも、此度、俺にくれた文も町飛脚《まちびきゃく》ではなく、御用達の播磨屋《はりまや》に託したほどだからよ。しかも、妻女《さいじょ》の父御《ちちご》の見舞にでさえ、藩に伺いを立て、ようやく許されたというのだからな」

「けれども、池田さまとて、外出することはおありでしょう」

「それはあるだろうが……」

「では、こう致しましょう。わたくしが池田さま宛《あて》に、紀藤の件でもう少し詳しいことを知りたいので、どこかで逢えないだろうか、と文を書きます。それを播磨屋の手で此度のように届けてもらいましょう」

　そう言うと、弥五郎はようやく眉を開いた。

「そうか、その手があったか……」

「では、早速、今宵にでも文を認《したた》めましょう。ですが、わたくしは少しばかり気が楽になりました。と言うのも、紀藤は強かにまだ生きているように思えてきたのです」

「なに、強かに生きているだと？　では、奴は怖《お》じ怖《おそ》れて逃げたということになるではないか」

「怖じ怖れたかどうかは知りませんが、戦わずして逃げたのであれば、これほど天晴《あっぱ》れなことはないと思います」

「何が、天晴れだ！　武士の風上にも置けぬ！」

「そうでしょうか。高々藩内の権力争いで、下士同士が小競り合いをしたところで、なんになりましょう。しかも、それで生命《いのち》を落としたとあれば、犬死にです。また、生命は落とさずとも、そんなことで他人《ひと》を殺傷したのでは、生涯悔《く》いが残ります。男が生命を賭《か》けて戦うとは、もっと崇高《すうこう》なもの！　権力争いに振り回され、利用されただけでは、それこそ、武士とはいえません！」

「では、池田はどうなる！　半井、いいから、もうそれ以上言うな！」

弥五郎が大声でどしめいたときである。

「あら、大きなお声。どうなさいました？　そんな怖い顔をなさって……。さあ、天麩羅が揚《あ》がりましたことよ。今、お酒を燗《つ》けますからね」

満枝が大皿を手に、居間に入って来る。

「いえ、わたくしはもうこれで……」

夢之丞は長太刀《ながだち》を摑むと、立ち上がった。

「あら、宜しいじゃございませんか。夢之丞さまもお上がりになると思って、ほら、こんなに沢山揚げましたのよ」

満枝が困じ果てたように、弥五郎と夢之丞を見比べる。

「いえ。今宵はまだ寄るところがありますゆえ……」

「そうですかァ……」

夢之丞は訝しそうな満枝の視線を払うと、弥五郎に頭を下げた。

「失礼を致しました。では、これにて……」

そう言って北六間堀町《きたろっけんぼりちょう》の道場を後にしたのであるが、小名木川に向かって歩く道々、後悔することしきり……。

自分は弥五郎に対して、なんて口の利《き》き方をしてしまったのであろう。

それより何より、紀藤を庇《かば》うつもりでつい口を衝《つ》いて出た、権力争いに振り回され、利用されただけでは、それこそ、武士とはいえません、という言葉……。

決して、池田謹也を揶揄するつもりではなかったが、結果は同じ……。

だからこそ、弥五郎はあのように激怒したのである。

夢之丞も弥五郎も想いは同じ……。

夢之丞が紀藤を案じるように、弥五郎もまた、池田の身を案じていたのである。

いつしか、紀藤が生きているかもしれないと思った一縷《いちる》の望みもどこかに吹っ飛んでいた。

そうして、夢之丞はぐじぐじと重苦しい想いを胸に抱えたまま、治平店まで戻って来たのである。

だが、真沙女から六郷一味の住処を突き止め、二両で後腐れのないように渡引してくれと頼まれたからには、一刻も早く池田と逢う段取りをつけなければ……。

その夜、真沙女が床に就くのを見届け、夢之丞は池田に文を認めた。

ところが、折良く下屋敷に届け物があるという、播磨屋の手代に文を言付《ことづ》けたところまでは順調に進んだのであるが、その後、三日経《た》っても四日経っても、池田から音沙汰《おとさた》がなかった。

鉄平が六郷一味の塒を突き止めて来たのは、その頃である。

「へへっ、蛇《じゃ》の道は蛇《へび》ってなもんでよ。昔、俺がちょいとばかし悪さをしていた頃の友達《だち》に、六郷一味の走り《ぱし》をやってた男がいるのを思い出してよ。そいつに袖の下を摑ませたところ、これがなんと、言う目が出てよ。灯台もと暗しとはこのことでェ！ へっ、つがもねえ！ なんと、海辺大工町の裏店に潜んでいやがった。どろどろ長屋っていうんだけどよ。その名の通り、廃屋《はいおく》同然の幽霊長屋でよ。大家が建て替えのために住人を立ち退《の》かせた後で、まっ、言ってみれば、空家《あきや》となっていたんだが、奴らにしてみれば、一時凌《いちじしの》ぎにゃ恰好《かっこう》の場所だ。三日前《めえ》から、そこを塒にしているというんでよ。それで、俺ャ、当たって砕けろとばかりに、一人で乗り込んでみた」

鉄平が鼻柱に帆《ほ》を引っかけ、にっと笑った。

「なんだって！　一人で乗り込んだだと？」

夢之丞は啞然とした。

鉄平のちょこまかとどこにでも潜り込む度胸は買うが、そんなことをされたのでは、渡引どころではなくなってしまう。

「まっ、ま、最後まで聞いとくれよ。俺ャよ、六郷の親分の顔が拝みたかっただけなのよ。八公《はちこう》って奴、あっ、こいつが俺の友達《だち》なんだけどよ、八公と連《つる》んで悪さをしていた友達と思わせとけば、相手も油断するだろうと思ってよ。ところが、この親分、存外に話の解る男でよ。なんだのかんだのと莫迦を言って酒を酌《く》み交わしているうちに、次第に、こういう男にはじわじわ外濠《そとぼり》から責めるより、いっそのやけ、腹を割って、本音でぶつかるほうがいいんじゃねえかって気になってきてよ……。ええい、てんぽの皮てな具合で、お久米の名前《なめえ》を出してみたのよ。するてェと、親分の顔がさっと曇《くも》り、蛇の目を灰汁《あく》で洗ったみてェな顔をして、睨めつけるじゃねえか。俺ャ、肝っ玉が縮み上がったのなんのって……。するてェと、親分がおめえとお久米はどういう関係なのかと訊《き》いてきた。こうなったら、もう後には退《ひ》けねえ。だもんで、俺ャ、腹を括って、夢さんのことを話したのよ。夢さんがお久米のことで渡引をしたいと言っているって……」

「それでどうした？　早く言え！」

夢之丞は気を苛《いら》ったように、身を乗り出した。

「へえ……。それがよ、俺もあんまし呆気ねえもんだから、なんだか闇《くら》がりに牛繋いだみてェに、今一《いまいち》、信じられねえんだがよ。親分が夢さんに逢ってもいいと言うんだよ。お久米のことでは頭を悩ませていた。なんせ、伊勢崎町の親分に匿《かくま》われてたんじゃ、手も脚も出ねえ。それより、渡引だかなんだか知らねえが、早《はえ》ェとこ話をつけて、今後一切、お久米とは関わりたくねえ。小の虫を殺して大の虫助《す》くのが、悪道の鉄則だからなって……」

鉄平が只取山《ただとりやま》の郭公《ほととぎす》といった顔をする。

「ほう、小の虫を殺してと来たか」

夢之丞がにたりとほくそ笑む。

「ところで、小の虫を殺して大の虫を助くたァ、なんのことで？」

「てめえ、意味も解らずに、見ぬ京物語をしてたのかよ！　小の虫を殺して大の虫を助くたァ、小事を犠牲にして、大事を護《まも》るってことよ」

伊之吉《いのきち》が鉄平の空惚《そらとぼ》けた問いを、ちょっくら返す。

「へえ、それじゃ、小の虫ってェのが、お久米だとすると、大の虫は？」

「この藤四郎《とうしろう》が！　お久米以外の様々な悪のことでェ。つまり、高々二両ほどの金で買ったお久米に執着しすぎて、そのために熊伍親分に睨《にら》まれたのでは、他の悪事がはかばかしく進まなくなるってことよ」

「なんだ、そういうことか……。けど、俺ャ、金の額は一切口にしてねえぜ。親分が十両も二十両も吹っかけてきたら、どうすんのさ」

「どうするもこうするもねえのよ。こちとら、二両以上は一文だって出さねえ。六郷も元は取れたんだ。それ以上払えとは言わないだろうさ」

　夢之丞は自信ありげに答えた。

　六郷の親分が夢之丞に逢ってもよいと言ったということは、金の額など関係なく、渡引をすることで、お久米の件は、熊伍にお目こぼしをという意思の表れであり、当然、熊伍にもそれが解っているからこそ、夢之丞に間に入れと言ったのである。

「ただよ……」

　鉄平が突然仕こなし顔になる。

「夢さんも解っちゃいると思うけど、親分と夢さんが渡引をする場所なんだが、まかり間違っても、夢さんの後から町方が跟けて来るなんてことがあっちゃならねえんだ。仮に、誰かが張り込んでいるなんてことが判ったら、決して、親分は姿を現わさねえ……。六郷の手《て》下《か》があちこちに身を隠しているからよ。気配を察したら、親分の元にすぐに知らせが入《へえ》る仕組みになってるんだとさ」

「ああ、解ってるさ。俺は出入師として渡引をするのであって、町方の手先を務めようなんて思っちゃねえからよ。それに、伊勢崎町も今回の件で六郷一味をしょっ引こうなんて思っちゃねえさ」

「だったらいいけど……」

「で、いつだ、逢うのは。場所は?」

「それは、追って、八公から連絡が入《へえ》ることになっているんだが、いつ連絡が入《へえ》ってもいいように、夢さんのほうでも仕度をしておいてくれよな」

「ああ、解った」

それで、鉄平と伊之吉は帰って行った。

再び、鉄平が治平店に駆け込んで来たのは、一刻《いっとき》（二時間）後のことである。

「夢さん、すぐだ。すぐに、洲崎弁天《すさきべんてん》まで行ってくれ！」

余程急いだとみえ、鉄平の息が上がっている。

しかも、伊之吉も連れずに一人である。

「洲崎弁天だって？　境内《けいだい》に入ればいいんだな？」

夢之丞は長火鉢の小引出《こひきだし》から金子《きんす》を取り出すと、懐に仕舞《しま》った。

夢之丞がいつでも渡引に出掛けられるように、真沙女が用意していてくれたものである。

夢之丞はふふっと腹の中で嗤《わら》った。

真沙女が用意してくれた金子は、二両と一朱。

恐らく、一朱は小づりの意味なのであろう。

そなた、この母から謝礼を取るというのではないでしょうね！

そんなふうに眉を釣り上げた真沙女であるが、どうやら、気は心とでも思ったのであろう。

蕎麦屋《そばや》でなら、一朱もあれば、鉄平たちに蕎麦やどぶ酒が振る舞える。

「違う！　違う！　境内じゃねえ。船着場から釣船に乗ってくれってさ」

戸口から鉄平が大声で鳴り立てる。

「釣船だって？」

「とにかく、行けば解るからさ！」

鉄平はそう言うと、くるりと踵《きびす》を返した。

「おっ、どうしてェ、おめえは行かねえのかよ」

鉄平は振り返ると、へへっと月代《さかやき》に手を当てた。

「俺ャ、これから人質として六郷の塒に行かなきゃなんねえんだよ。渡引が無事に終わり、親分が塒に帰《けえ》って来るまでの人質なんだってさ！　じゃ、俺ャ、ちょっくら行って来らァ！」

鉄平は再びくるりと踵を返すと、脱兎《だつと》のごとく、駆けて行った。

こんな人質など見たこともない。

自ら相手の懐に飛び込んで行くというのであるから、前代未聞……。

やれ、と夢之丞は太息を吐いた。

が、何故かしら、おかしくもあった。

六郷の親分という男、どこまで用心深い男なのであろうか……。

これでは熊伍に連絡をつけようにも、その暇がない。

第一、伊之吉もいなければ、鉄平まで人質に取られたのでは、手足をもぎ取られたようで、身動きが取れない。

それが六郷の親分の狙いなのであろうが、一体、どう口説いたからって、鉄平は自ら人質を買って出たのであろうか……。

だが、現在《いま》は、悠長《ゆうちょう》に構えている場合ではなかった。

夢之丞は気合いを入れると、洲崎に向かって脚を速めた。

洲崎に着いた頃には、日は随分と西に傾いていた。

凪《な》いだ水面《みなも》で陽《ひ》がちらちらと輝き、光の饗宴《きょうえん》を織りなしている。

夢之丞は船着場まで下りて行った。

土台、今時分から釣船に乗るなど、酔狂にもほどがある……。

と、そう思ったときである。

繋舟《かかりぶね》を押し分けるようにして、猪牙がすっと寄って来た。

「旦那」

船頭が手棹《てざお》をぐいと押し、猪牙を船着場に着けると、顎《あご》をしゃくった。

どうやら、乗れ、という意味のようである。

夢之丞は四囲にちらと目を配ると、乗り移った。

船頭が手棹を突っ張るようにして間隔を取ると、櫂《かい》を操り、沖へと漕《こ》いでいく。

そうして、沖合に出た頃合いを見て、舟を停《と》めた。

広い海原《うなばら》に、夢之丞と船頭の二人である。

すると、この男が、六郷の親分……。

だが、男の顔を窺おうにも、船底頭巾《ふなぞこずきん》を被《かぶ》り、目の下から顎までを手拭ですっぽり覆《おお》っているので、面立《おもだち》ばかりか年格好も判らない。

男は黙ったまま釣り竿《ざお》に餌《えさ》の蚯蚓をつけると、夢之丞に手渡した。

夢之丞は呆気に取られて、男を見た。

すると、男はまた顎をしゃくって、釣り糸を海に放れと合図した。

成程、こうしていれば、遠目には、酔狂な釣り人に映るということか……。

夢之丞はするすると釣り糸を海に垂れた。

江戸に来て、太公望《たいこうぼう》の真似事《まねごと》など初めてのことである。

国許にいた頃は、時折、川で鯊《はぜ》や鈍甲《どんこ》を釣ったこともあるが、父の左右兵衛《そうべえ》や真沙女が余り川魚を好まなかったこともあり、大概、すぐに川に戻していた。

が、久々に釣り糸を垂れてみると、どこかしら、落着いた気分になるから不思議である。

「半井さま、お話を伺いましょうか」

唐突に、男が言った。

はっと、夢之丞は現《うつつ》に戻った。

「どうぞ、そのままで……。釣りをお続けになって構いやせん」

男も夢之丞の隣に坐ると、釣り糸を垂れた。

「すると、おまえが六郷の……」

「へい。大筋のところは鉄という男から聞きやしたが、あっしが訊きてェのは、何ゆえ、半井さまがお久米に肩入れをなさるかということでやして……」

六郷の親分は五十路《いそじ》もつれだろうか、渋い声をしていた。

夢之丞はお久米が半井家の女中頭をしていたことや、半井が禄召し上げとなってから、奉公人の一人一人の行く末を案じ、仕官が叶った暁《あかつき》には、再び彼らを抱えるつもりであったことなどを話した。

「但《ただ》し、これはわたしの母の願望でな。いや、誤解してもらっては困るのだが、わたしと て、お久米たち奉公人の身の有りつきを案じている。主人《あるじ》として、あのようなことになり、奉公人たちには済まないことをしたと常に思っているのだ。それゆえ、お久米が苦境に立たされていると知ったからには、放っておけるわけがない。わたしが言いたいのはだな、つまり……」

「解っておりやす。半井さまには既に仕官するおつもりがない……。そうでやしょ？　鉄とかいう野郎から聞きやした。半井さま、良い手下《てか》をお持ちですな。あいつが半井さまのことを語るときの表情……。得々と鼻蠢《はなおごめ》かし、半井さまほど剣の腕が立ち、男気《おとこぎ》のある粋《すい》人《じん》はいないと言い切って憚らないのですからね。あっしが半井さまに逢いてェと思いやしたのも、それが理由です。この目で確かめてみてェと思いやしてね。へっ、お逢いしてようございました。解りやした。なんら後腐れもなく、お久米をお返し致しやす」

六郷の親分は懐から証文を取り出すと、夢之丞に差し出した。

「おっ、待ちなよ。まだ、金の額について話していないが……」

「金？　ああ、お久米に払った？　止《よ》して下せえ。半井さまから金を貰おうなんて思っちゃいませんよ」

「それは駄目だ！　お久米は二両借りた。本来ならば、利息がついて、それでは済まないのであろうが、それはお久米が今まで働いたことで帳消しにしてもらえば助かるのだが、それで手を打ってくれないだろうか」

「利息なんて……こんな商いをやっているあっしが言うのもおかしな話でやすが、あんなもの！」

「では、二両で許してくれるのだね？」

夢之丞が懐から懐紙《かいし》に包んだ小判を取り出す。

「いや、いけねえや。その金を受け取ったんじゃ、あっしが半井さまを男と見込んだ心意気が台なしとなっちまう」

「そう言ってくれるのは有難いが、実は、この金は母がお久米のためにと出してくれたものでな。母の顔を立てると思い、是非《ぜひ》にでも、受け取ってもらわなければならない。借りたものは返す……。これがあの女《ひと》の方針でな。おまけに、始末に悪いことには、一旦言い出したら、後に退かない……。些《いささ》かも融通が利かず、息が切れそうだが、そういう事情なので、納得してもらえないだろうか」

「よいてや！　納得いたしやしょう。では、二両と証文を交換して、これで手打ちだ。今後、二度とあっしはお久米に手出しを致しやせん。で、この件では、つまり、その……」

「伊勢崎町の親分のことか？　ああ、大丈夫だ。だが、他の件では知らないぞ」

「解ってやす。つくづく、因果な生業をと思いやすが、あっしも手下《てか》を何人も抱えてやして、現在《いま》では、六郷一味も大所帯……。奴らが食っていく道を考えてやらなきゃならねえからよ。脚を洗おうにも、ちょっとやそっとではいかねえ……。まっ、こんな筋の通らねえ繰言《くりごと》を半井さまに言ったところで、始まらねえんだがよ」

六郷の親分は溜息《ためいき》混じりに呟くと、おっと目を瞬《しばた》いた。

「半井さま、引いてる！　引いてやすぜ！」

夢之丞も慌てて目を戻した。

なんと、竿の先が弓形《ゆみなり》に撓《しな》っているではないか。

確かな手応《てごた》えもある。

「おっ、こいつは大物だぜ！」

夢之丞が竿をぐいと引く。

が、釣り糸の先に微《かす》かに魚らしきものが見えたきり、そこで、ぷつんと糸が切れた。

弾みで、夢之丞が尻餅《しりもち》をつく。

「あァあ、逃がしちまったじゃねえか」

「なっ、見たか？　今のは、大物だぜ。鯛だったかもしれないぞ」

「いや、せいぜい、石持《いしもち》か鮬《せいご》ってとこかな」

「いや、あの手応えはもっと大きな魚だ。このくらいはあったぞ」

夢之丞が手を広げて見せる。

「逃した魚は大きいといいやすからね。ほれ、陽が翳《かげ》ってきやしたぜ。そろそろ戻りやしょうか」

六郷の親分が再び櫂を漕ぎ、洲崎の浜へと猪牙を寄せて行く。

船着場に着いてからは、暗黙の了解のもと、釣り客と船頭といった恰好で別れた。

どことなく、清々《すがすが》しい気分だった。

これで、お久米は堂々と陽の下を歩けるのである。

さぞや真沙女も悦ぶであろうし、鉄平も人質から解放されて戻って来る。

が、それより何より、夢之丞を爽《さわ》やかにさせたのは、六郷の親分の本性を垣間見たことであろうか。

夢之丞はあの男の中に、どこか自分に近いものを感じていた。

目許しか見えなかったが、優しさの中で時折見せた、鋭い目の配り……。

この男、かなりの遣《つか》い手……。

そう思ったとき、夢之丞は六郷の親分の中に、自分を見たように思ったのである。

恐らく、六郷の親分も、嘗《かつ》ては武士の端くれだったに違いない。

それが、何かの契機《きっかけ》で、阿漕《あこぎ》な道へと入っていったのだとしたら……。

つくづく、因果な生業をと思いやすが、あっしも手下を何人も抱えてやして、現在《いま》では、六郷一味も大所帯……。奴らが食っていく道を考えてやらなきゃならねえからよ。脚を洗おうにも、ちょっとやそっとではいかねえ……。

あれは、本音だったのだ、と思った。

そう思うと、空恐ろしくもなる。

まかり間違えば、夢之丞も六郷の親分と同じ道を辿《たど》っていたかもしれない。

そうさせなかったのは、偏《ひとえ》に、母として、真沙女の力が勝っていたからであろう。

ときとして辟易《へきえき》もし、鬱陶《うっとう》しくもあるが、あの母が背中にへばりつき、目を光らせ、叱《しっ》咤《た》激励してくれなかったならば、夢之丞も今頃は坂道を転げ落ちるがごとく、極道へと突き進んでいたかもしれない。

二度と、あの男に逢うことはないかもしれない。

だが、二両と証文を取り交わしたときの六郷の親分の眼差《まなざ》しや、逃がした魚を、鯛だの石持だのと燥《はしや》ぎ合ったこと……。決して、忘れはしない。

夢之丞は懐に手を差し込み、証文の感触を確かめると、改めて、そう思った。

お久米は証文を手にすると、わっと畳に突っ伏し、肩を揺すった。

「おっ、良かったじゃねえか。これで、おめえも堂々と表が歩けるよな。流石は、夢さんだ。俺じゃ、こうはいかなかっただろうて……」

熊伍親分が心ありげに夢之丞を見る。

「ところで、六郷の親分とはどこで逢った？　顔は見たんだろうな？」

「いえ……」

夢之丞は惚《とぼ》けたように視線を逸《そ》らす。

「まっ、訊いたところで答えてくれねえと解っちゃいるがよ。十手を預かっている以上、一応、訊いておかなくちゃならねえからよ」

「では、お答えしますが、相手は船底頭巾と手拭で顔を隠していましたからね。よって、目玉しか見えませんでした。それと、場所は洲崎の海の上でした。大海原に六郷の親分とわたくしの二人だけですし、しかも、鉄平を人質に取られていましたからね。手も脚も出ません」

「ほう、海の上とな。奴も考えたものよ。だが、何が驚きって、すんなりと二両でことを収めてくれたことほど驚くものはねえ」

「いえ、当初、六郷の親分は二両の金も要《い》らないと言いました。けれども、それでは母が許しません。それで、無理矢理、金を受け取ってもらったのです。ねっ、母上、それで良かったのですよね？」

真沙女はきりりと顎を上げて、当然です、と答えた。

「なんとも、腑に落ちねえことだらけなんだよな……。だが、まっ、これで全てが丸く治まったのだ。良しとしようじゃねえか」

「と言うことは、お久米の件では、これで親分は水に流すと？」

「そういうことになるだろうな。やれ、これからも六郷一味とは鼬《いたち》ごっこ……。俺たち岡っ引きは何をやっても後手後手になっちまってよ。ようやく塒を嗅《か》ぎつけたかと思うと、既にとんずらした後とくる……。だからよ、此度も、鉄の野郎を質《ただ》したところで、どうせ、既に蛻の殻だろうて……。阿呆《あほ》らしくて、探る気にもなりゃしねえ」

「では、完全に、これで終わりということでいいのですね？」

「そういうこった」

熊伍が渋面《じゅうめん》を作ってみせる。如何にも、熊伍らしい。

「では、改めて、わたくしから親分に礼を申し上げとうございます。今日まで、お久米を預かって下さり、どんなに感謝しても足りないくらいです。有難うございます」

真沙女が三つ指を突いて頭を下げる。

「おっ、御母堂、頭を上げて下せえ。感謝だなんて滅相もねえ。俺ャ、此度は何ひとつ動いちゃいねえんだからよ。それよか、こっちが感謝しなくちゃなんねえ。まあ、お久米が来てくれて、家の中がすっかり片づいちまってよ。時たま、余所《よそ》んちに帰《けえ》ったんじゃねえかとまごつくほどでよ。それによ、お久米の料理の上手《うめ》ェことったら……。ちょいとした玄人肌《くろうとはだ》で、此の中、丸熊の惣菜はひと味違うと、客の間で評判になってよ。嬶《かかあ》も大喜びなのよ。見世の売り上げも五割方増えたというし、うさァねえ、夕方、覗いてみな？　鉢盛りの惣菜なんて何ひとつ残っちゃいねえ。お陰で、俺たちの食うお菜がなくなっちまってよ……。ところがよ、お久米の奴、一日中働いてくたびれてるってェのに、少々お待ちをってな具合で、あっという間に、残った食材で俺たちの食事を作っちまう。こんな肭い女なんて鉦《かね》や太鼓《たいこ》で探したって、そうそういるもんじゃねえ」

「親分にそう言っていただけて、安心しました。お久米はそんな女ごなのです。それで、厚かましいと重々承知のうえでお願いがあるのですが、もう暫く、お久米をここで預かってもらえないでしょうか。いえ、本当に、ほんの暫くでいいのですよ。すぐさま、わたくしもお久米の先行きを考え、行動に移したいと思っていますので……」

真沙女が窺うように熊伍を見る。

「なんの、うちはこのままずっと、お久米にいてもらったっていいくれェでよ。昨日も、嬶とそんなことを話してたんだ」

「いえ、それはなりません。お久米のことはわたくしどもに責任があります」

「だが、行動に移すといったって、一体《いってえ》、何を……」

「いえ、それはまだ……」

真沙女は言い淀《よど》むと、ちらと夢之丞を見た。

が、夢之丞には、真沙女が何を考えているのか、見当もつかない。

「では、今宵は、これにて失礼いたします」

真沙女は再び頭を下げると、お久米に、必ず迎えに参りますからね、と囁き、席を立った。

伊勢崎町からの帰り道でも、真沙女は黙々と歩き、ひと言も喋ろうとしなかった。

夢之丞はふて腐れたようにして、後に続いた。

が、治平店に戻ると、真沙女は改まったようにきっと背筋を伸ばして、正座した。

「話があります。お坐りなされ」

夢之丞も慌てて威儀を正す。

「そなた、経師屋《きょうじや》の丸辰《まるたつ》が亀久町《かめひさちょう》の仕舞《しも》た屋を貸しに出しているのを知っていようの?」

「えっ……」

知っているもいないもない。

夢之丞が間に入り、扇屋《おうぎや》若狭屋《わかさや》と丸辰との間で渡《わたり》をつけた家である。

「驚いたようだのっ。そなたが出入師として、若狭屋と丸辰の間に入り、無事、渡引とやらをつけたことは、母も聞きましたぞ。それでな、昨日、その家を見て参りました」

「えっ、母上があの仕舞た屋に……。また、何ゆえ……」

「無論、借りるためです」

「母上、借りるといっても、あの家は……」

「庭の梅の根元から髑髏《しゃれこうべ》が出てきたということかえ？　それがどうしました？　丸辰の話では、髑髏は掘り出し、手篤《てあつ》く供養したそうではないか」

「ですが、二十年近くも骨が埋まっていたのですよ。辺りに、怨念《おんねん》が漂っているかもしれませんぞ」

真沙女は口に手を当て、おほほっ、と笑った。

「そなたらしくもない！　何が怨念ですか！　第一、聞いた話によると、その男は病死というではありませんか。殺されたというのであればともかく、その男を愛した女ごが死後も傍に置いておきたく、梅の根元に埋めたというのですから、寧ろ、胸が詰まされるような話ではないですか……。母は元々迷信など信じませんが、その話を聞いてからというもの、ますます、あの家が気に入りました。丸辰が大層金をかけて改装したせいか、見事な普請《ふしん》でしてね。茶室にお誂え向きの部屋もありました。あそこなら、吉富の茶室を借りずとも、茶の湯や鼓の弟子が取れます。それにのっ、三部屋もあるのですよ！　お久米を引き取っても、それぞれに個室が持てるのです。しかも、店賃《たなちん》が一分一朱と格安でしてね。庭付きの一戸建てが二階付き割長屋《わりながや》と同じ程度とは……。丸辰の話では、改装費に随分とかかったので、本当はもう少し高くしてもよいのだが、あんなことでケチがついた家だから、破格の店賃は仕方がないと……。で、ねっ、母は思いきって、一分になさいませ、と交渉してみましたの。丸辰は渋りましたが、母も然《さ》る者……。実は……、と、そなたの名前を出してみたのですよ。すると、どうでしょう。掌《てのひら》を返したみたいに丸辰の態度が変わりましてね。半井さまの御母堂とは知らずに、失礼を致しました、ええ、ええ、一分なんて滅相もない、いっそ、三朱にまでお引きしましょう……。と、こう来たではないですか！　そのうえ、庭の手入れもして下さることになりましてね。それで、ならば……、と茶花《ちゃばな》に使える、山梔子《くちなし》、空木《うつぎ》、椿《つばき》系統の草花をと注文をつけておきました」

「では、もう、お決めになったのですか！」

夢之丞は思わず胴間声《どうまごえ》を上げた。

「はい、決めて参りました」

「……」

「先程、熊伍親分の前で、この話をしたかったのですが、そなたにまだ相談していませんでしたからね。それで、喉元まで出掛けた言葉を呑み込んでしまいました」

冗談じゃない！

夢之丞は腹の中で、思いっきり、どしめいた。

既に決めてしまったというのに、これのどこが相談かよ！

が、真沙女は意に介さずとばかりに続けた。

「とにかく、現在《いま》は、お久米を引き取ることを先決に考えなければなりません」

「水を差すようで申し訳ないのですが、母上は丸辰が店賃を三朱に下げてくれたとお悦びのようですが、これまでも決して立行は楽ではなかったというのに、その金をどこから捻《ねん》出《しゅつ》なさるおつもりですか？」

「ですから、これまでより多くの弟子を取るつもりです。しかも、これまでは、お月謝の中から吉富に茶室の使用料として幾ばくかの金を渡してきましたが、これからは要らなくなるのです。なんとでもなりますよ。まあ、そなたの苦労性なこと！　ふふっ、もう少し後生楽《ごしょうらく》な男《ひと》と思うておりましたが、存外に小心なのですね」

真沙女はそう言うと、夜食の仕度に厨へと立って行く。

無性に腹立たしくなった。

真沙女が既に決めたことと口に出したからには、それは、正真正銘、決まったことなのである。

夢之丞は四畳半一間に、猫の額ほどの厨といった、裏店《うらだな》の部屋を見回した。

この部屋で、真沙女と二人で鼻を突き合わせ、幾たび、息苦しく、気ぶっせいな気分に陥《おちい》ったことであろうか……。

隣室とは板壁一枚で仕切られ、鼾《いびき》や嚔《くさみ》までが筒抜けで、秘密を持ちたくても持てないのが、裏店の良いところでもあり、悪いところでもある。

雨漏りで出来た天井の染み……。

歩けば、ぎしぎしと軋《きし》む床板……。

が、そのどれをもが、今となれば、夢之丞には愛《いと》しく思えた。

「では、母上、この裏店はどうなさるおつもりで？」

真沙女は沢庵《たくあん》を刻《きざ》む手を止めようともせず、

「当然、引き払いますよ」

と答えた。

「……」

が、訊くだけ無駄であったと肩を落とすと、真沙女が振り返った。

「おや、そなた、ここを出るのがお嫌のようだが、ほおずきに行くのが遠くなるからですか？　亀久町は隣町ではないですか。ほんの少し遠くなるだけで、今までとさして変わりはしませんよ」

「いえ、そういうことでは……」

「おや、そうかえ？　母はそなたがおりゅうさんのことを気にしているのかと思いましたが……」

真沙女はつるりとした顔で言うと、再び、トントンと軽やかな音を立てた。

虚《むな》しさばかりが募《つの》ってくる。

ふと、紀藤の顔が頭を過ぎった。

池田謹也からは、まだ音沙汰がない。

春も闌《たけなわ》……。

この愁《うれい》は、一体、どこから来るものなのであろうか……。

本書は時代小説文庫（ハルキ文庫）の書き下ろし作品です。

時代小説文庫
い6-12

梅《うめ》の香《か》 出《で》入《いり》師《し》夢《ゆめ》之丞《のじょう》覚書《おぼえがき》

著者 今《いま》井《い》絵《え》美《み》子《こ》

2010年4月18日第一刷発行

発行者 角川春樹

発行所 株式会社 角川春樹事務所
〒101-0051 東京都千代田区神田神保町3-27 二葉第1ビル

電話 03(3263)5247[編集] 03(3263)5881[営業]

印刷・製本 中央精版印刷株式会社

フォーマット・デザイン&シンボルマーク 芦澤泰偉

ISBN978-4-7584-3466-9 C0193
http://www.kadokawaharuki.co.jp/[営業]
fanmail@kadokawaharuki.co.jp[編集] ご意見・ご感想をお寄せください。